樱桃

[日本] 太宰治 著
だざい おさむ
赵仲明 译

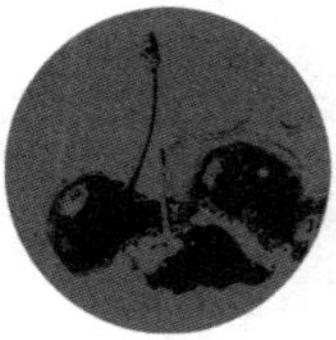

译林出版社

图书在版编目（CIP）数据

樱桃 /（日）太宰治著 ; 赵仲明译. -- 南京 : 译林出版社, 2025. 5. --（太宰治精选集）. -- ISBN 978-7-5753-0576-1

Ⅰ. I313.45

中国国家版本馆CIP数据核字第20258KK222号

樱桃 ［日本］太宰治／著 赵仲明／译

责任编辑 张紫毫
装帧设计 侯海屏
校　　对 孙玉兰 王 敏
责任印制 颜 亮

出版发行 译林出版社
地　　址 南京市湖南路 1 号 A 楼
邮　　箱 yilin@yilin.com
网　　址 www.yilin.com
市场热线 025-86633278
排　　版 南京展望文化发展有限公司
印　　刷 南京新世纪联盟印务有限公司
开　　本 787 毫米 ×1092 毫米 1/32
印　　张 7.625
插　　页 2
版　　次 2025 年 5 月第 1 版
印　　次 2025 年 5 月第 1 次印刷
书　　号 ISBN 978-7-5753-0576-1
定　　价 39.80 元

目录

卷一

久经人世

亲友交欢

昭和二十一年[1]九月初，有位男子来找我。

这一事件几乎毫不浪漫，也完全不具备话题性，可是，它令我难以释怀，我想它可能会在我心里留下至死都无法擦除的痕迹。

事件——

当然，称之为事件或许言过其实。我和这位男子一起喝酒，并没有发生口角等诸如此类的情况，至少表面上，我们在和睦的氛围中道别，仅此而已。然而，我还是觉得发生了让自己耿耿于怀的重大事件。

总而言之，这位男子十分厉害，是个老奸巨猾的家伙，我对他没有一丝好感。

去年，因为战火，我不得不投奔位于津轻的父母家避难，几乎每天都老老实实地把自己关在里屋，偶尔有当地某某文化协会或某某同人会邀请我去举办演讲或出席座谈会，我一概拒

1 即公元1946年。昭和年号始于1926年。为保留原著风格，本译著保留了原文中的日本年号，并仅在第一次出现昭和年号时标注公元年份。——本书注释如无特别说明，均为译注

绝："讲得比我好的人多得是。"我独自闷头喝酒，酒后倒头就睡，每天过着近似隐士的生活。过去生活在东京的十五年时间，我出没于最下等的居酒屋，喝最劣等的酒，与所谓最底层的人交流，对各种泼皮无赖早已司空见惯。可是，我对这位男子却束手无策。总之，他身手不凡。

九月初的某天，吃了午饭后，我在主屋的起居室里百无聊赖地独自抽烟，有位身着宽大田间工作服的男子有气无力地站在玄关换鞋子的地方。

他"哎呀"了一声。

他就是我故事中的"亲友"。

（虽然下面这些话略显迂腐，但是为了防止误解，我想言明在先。我在这篇手记中描绘了一位农夫形象，向世人揭示他令人厌恶的个性，但是，完全不存在借此声援阶级斗争中的所谓"反动势力"的意图。对于这一点，大部分读者在读完本手记后自然心知肚明。虽然这种声明无疑大煞风景，但是，近来那些智力极度堪忧，不可理喻之人，动辄利用陈芝麻烂谷子的事情小题大做，下不负责任的结论，因此，请允许我对这些因循守旧、愚昧无知——不，或许他们反倒聪明伶俐——的人用片言只语追加几句本不值一提的解释。出现在这篇手记中的男子，虽然长着一张庄稼人的脸，但他绝非"意识形态专家"们热爱的农夫。他是一位十分复杂的男子。反正我是第一次遇见这种人，可以说到了匪夷所思的地步。我甚至预感到一种新型人类的诞生。我无意从善与恶的角度对他进行道德审判，倘若能为读者提供诞生这种新型人类的预感，我也就心满意足了。）

他声称是我小学时代的同学，名叫平田。

“你忘了吗？”他说着，露出一口白牙笑了起来。我隐隐觉得他的脸有些熟悉。

“记得，进来吧。”那天，我在他面前的确变成了阿谀逢迎的社交家。

他脱下草鞋，走进起居室。

“好久不见啊，”他大声说道，“几年没见了？不，是几十年？啊，二十多年没见啦。早听说你来了，田里的农活太忙，没时间来找你呀。听说你也变成酒鬼啦。啊哈哈哈。”

我苦笑着，沏了茶端到他跟前。

“你忘了和我打架的事？我们经常打架。”

“有这回事吗？”

“什么有这回事吗。你看，这手背上还留着伤疤，被你抓伤的。”

我仔细看了一下他伸到我眼前的手背，没有任何抓伤的疤痕。

“你的左腿迎面骨应该也有伤疤，有吧？肯定有啊。那是我用石头扔你时留下的伤。哎呀，我和你干过不少次架呢。”

无论我的左腿迎面骨还是右腿迎面骨，没有一处受过那样的伤。我只是不置可否地微笑着听他说话。

“言归正传，我想和你商量件事。召集个同学会，怎么样？不想？大家一起开怀痛饮。找十个人参加，两斗酒，我来搞定。”

“主意不错，两斗酒会不会有些多？”

“不，不多。一人不喝两升多没劲。”

“能搞到两斗酒吗？”

“没准搞不定。我不确定，试试看。别担心。不过，就算是在乡下，最近酒也不便宜，这件事得拜托你。”

我心照不宣，起身走进里屋取来五张大纸币。

“这些钱你先收着，不够的话之后再补。”

“等等，”他把纸币推回给我，“我不是这意思，我今天不是来向你要钱的，只是来找你商量，想听听你的意见。反正最后你免不了要出千八百的。今天我是来找你商量，也是想见见你这个老同学。就这么定了，事情交给我办，这些钱，你先收起来。”

“这样啊。”我将纸币收进上衣口袋。

“没酒吗？”他突然问。

我不禁重新看了看他的脸。一瞬，他也表情尴尬地眯了一下眼睛，不过，他固执地追问：

“听说你家里老备着两三升酒，让我喝点儿。你老婆呢，不在家吗？让你老婆出来给我斟杯酒。”

我站起来。

“好吧。你跟我来。”

我深感无趣。

带他走进里面的书房。

“房间很乱。”

“不，我不介意。作家的房间都差不多。在东京的时候，我也和很多作家打过交道。”

可是我压根无法相信他说的话。

“果然很乱，不过，房间不错。到底是大户人家。院子的视野很开阔。还有柊树啊。你听说过柊树的传说吗？”

“没有。”

“没听说过？”他一下子得意起来，“这个传说，往大里说是世界的，往小里说是家庭的，还能用作你的写作素材。”

他的话完全不知所云，我甚至觉得他脑子有问题。然而，事实并非如此，很快，他向我展示了诡计多端、工于心计的另一面。

“是什么呢？那个传说。”

我不禁笑道。

“以后告诉你吧，柊树的传说。”他煞有介事地说。

我从壁橱里取出还剩一半酒的长方形威士忌酒瓶。

“威士忌，你介意吗？”

“行啊。你老婆不在家？快让她出来斟酒啊。”

我在东京生活了很久，招待过众多客人，从没有人对我说过这种话。

“内子不在家。”我撒了个谎。

“别这么说。”他根本不理会我的话。“快把她叫出来，给我斟酒呀。我特意跑来，想喝一杯你老婆斟的酒。”

大城市里的女人，优雅、妩媚的女人，如果这是他的期待，那么不仅对他十分抱歉，而且对内子也很残忍。内子虽然是城里人，但是气质粗鄙，长相丑陋，待人冷淡。要把内子叫出来，我颇觉得为难。

“算了吧。让内子斟酒，这威士忌反而不香了。”我说着把威士忌倒进写字台上的茶杯里。“这酒在过去的话是三流酒，不过，倒不是用甲醇勾兑的。”

他咕嘟咕嘟一口气喝完，又啧了几下嘴。

“像蝮蛇烧酒。”他说。

我再次为他斟酒。

“喝太猛的话一会儿上头，会不舒服。”

“什么？你太小看人了吧，我可是在东京一次喝过两瓶三得利的人。这威士忌，我想想，大概六十度吧？一般，劲不大。”他说着再度一饮而尽。此人毫无酒品可言。

这次他给我斟酒，又把自己的茶杯斟满。

“已经完了。”他说。

“哦，是吗。”我像个一流的社交家，心领神会地爽快起身，从壁橱里重新取出一瓶威士忌，打开瓶盖。

他若无其事地点点头，又喝了起来。

我未免有些不爽。我从小养成了浪费的恶习，爱惜东西的意识（虽然这绝不值得自满）和常人相比略为淡薄。然而，这些威士忌算是我的珍藏品。虽然过去是三等酒，但现在无疑成了天下一等的佳酿。这些酒固然价格不菲，然而更重要的是，为了搞到这些酒我费尽了心机，不是有钱就能入手的。很久以前，我好不容易从别人手里匀了一打，并因此倾家荡产。但是，我并不后悔。我非常珍惜这些酒，一小口一小口地慢慢品尝，嗜酒的作家井伏等人来我家时，请他们喝上一杯。不过，这些酒逐渐喝完了，当时，壁橱里只剩下两瓶半。

他提出喝酒时，清酒等酒恰好全都喝完了，所以我取出所剩无几的珍藏的威士忌，没想到被他鲸吸牛饮。虽然这话听上去像个十足的吝啬鬼在发牢骚（不，恕我直言，对这些威士忌，我就是吝啬鬼，心有不舍），可他竟喝得如此理直气壮，天经地义，我情不自禁地感到厌恶。

而且，他嘴上说的话丝毫无法引起我的共鸣。这并非因为我是有文化、趣味高雅的人，而对方是不学无术的乡巴佬。我绝对没有这种意思。我甚至和没有半点学识的娼妇认真交谈过“人生的真谛”这种话题，也有过被目不识丁的老工匠教训而流泪的事情。我甚至怀疑社会上所谓的“学问”。他说的话之所以没让我产生任何愉悦，理由的确在于其他方面。理由是什么呢？我与其在此三言两语地妄下定论，不如如实记录下那天他在我家的言行举止，任由读者进行判断，这看上去更像是符合作家身份的所谓健康手段。

他起初喋喋不休地絮叨“我的东京时代”，乘着酒兴发作，他愈发滔滔不绝起来。

“可你在东京也栽在女人手里了呀。”他大声嚷着，笑了起来。“实际上，我在东京的时候也差点栽了。差一点就和你一样栽个大跟斗。真的呀。实际上就差那么一点儿，可我跑了呀。嗯，我跑了。女人一旦爱上男人就忘不了。啊哈哈哈。她现在还给我写信呢。嘻嘻。前一阵还寄来了年糕。女人真是痴情啊，真的。要想让女人爱上你，不靠颜值，不靠钱，就靠你的心情，靠心啊。其实我在东京那会儿也过得放荡不羁。仔细想想，那个时候你在东京，不用说也在和艺妓厮混，惹得她们为你寻死觅活，可是你一次都没有遇到我，这太不可思议了。你那时候究竟在什么地方浪？”

我不明白他说的那个时候是哪个时候。而且，我在东京从来没有像他推测的那样玩过艺妓，也没人为我寻死觅活。我大多在露天烤鸡肉串的小摊位上喝冲绳的泡盛酒或者烧酒，醉后说着车轱辘话。他说我在东京“栽在女人手里”的事情，岂止一两回，我屡次三番栽大跟头，害得父母和兄弟姐妹脸上无光。不过，我至少可以这么说，“我绝不是倾尽所有，把自己打扮成美男子，玩弄艺妓，并且为此沾沾自喜！”这虽说是可怜的申辩，可是就连这样的申辩，至今也无人相信，从他说的话中我明白了这一点，觉得厌烦。

但是，这种不愉快，也不是这个男人让我首次体验到的，例如东京文坛上的评论家，还有其他各色人等，甚至有的是我称之为朋友的人，他们也让我饱尝了痛苦。虽然，现在这一切都已经成了听后一笑了之的事情，可是面对眼前这位农夫模样的男子，我感觉他似乎把这些当成了我的巨大软肋，企图乘虚而入，他的用心何等险恶，无聊至极。

可是，那天的我是一个极度卑微的社交家，拿不出任何勇气。说到底，我是一个一文不名的战争受害者，拖家带口挤进这个并不富裕的城镇，好不容易勉强糊口，这无疑就是我与生俱来的命运，所以我不得不对过去就居住在这个城镇里的居民投其所好，成了阿谀逢迎的社交家。

我去主屋拿来了水果请他吃。

“你不吃吗？吃水果能醒酒，接下去又能一醉方休了。”

我想，他以这种势头咕嘟咕嘟喝威士忌，早晚会喝得酩酊大醉，即便不发酒疯，也会不省人事，到时便很难收场了。为了让他平静下来，我削了一个梨递给他。

他看上去并不想醒酒，看都不看水果一眼，手一直放在盛有威士忌的茶杯上。

“我讨厌政治家，”他突然将话题转到了政治上，“我们农民不用懂什么政治。谁让我们的实际生活哪怕有一丁点所得，我们就支持谁。这就够啦。谁把看得见的利益摆在我们面前，让我们抓住，我们就支持谁。这就够了，不是吗？我们农民没有野心，懂得知恩图报，这就是我们农民实诚的地方。管他是什么进步党还是社会党。我们农民只要能种田、耕地就够了。”

我一开始并不理解他为什么突然说出这么奇怪的话，等到他说了下面这番话之后，我才终于理解了他的真实意图，并不由得苦笑。

“上次选举，你也为你哥大肆活动过吧？”

“没有，我没为他干过任何事。我每天都在这个房间里忙自己的工作。”

“撒谎。就算你是文学家，不是政治家，这也都是人情世故。你一定为你哥鞍前马后出过力。我虽然是个不学无术的农民，可我也懂人情世故。我讨厌政治家，也没有野心。我不怕什么社会党、进步党，可我是讲交情的。我和你哥谈不上很熟，但至少你和我是老同学，是好朋友，不是吗？这就是交情。尽管没人求我，可我还是投了你哥一票。我们农民根本不管什么政治，只要不忘记一样东西，交情，这就够了，你说呢？”

这一票难不成就是你来我家畅饮威士忌的权利吗？他的花招显而易见，我愈发觉得索然无味。

然而，他也不是头脑简单的人，忽然，他似乎敏感地察觉到了什么。

“我也不是想变成你哥的家臣啊。不用那么看不起我。就说你家，查查你家的祖上，也就是个卖油出身。你知道吗？我是听我家老婆子说的，给买一合[1]油的人奖励一颗糖，靠这种

1　容量单位，1合相当于0.1升。

生意发了财。再说河对岸的斋藤家，现在是大地主，神气活现的，往上数三代，他家就是在河里捡柴的。把柴禾削成竹子，再把河里抓到的小杂鱼串起来烤熟，一文两文卖出去，靠这种生意赚了钱。还有大池先生家，在路边放一排木桶，让过路的行人往里面撒尿，木桶里的尿装满后卖给农民，这就是他家掘到的第一桶金。有钱人家，查一下他们的老底，都是这么过来的。我家，你给我听好了，在这一带可是最古老的家族。据说我家祖先是京都人，"他话说到一半，似乎也有些不好意思地"嘿嘿"笑了起来，"虽然老婆子的话不可靠，完整的家谱倒是有的。"

"可能真的出自公卿名门。"为了满足他的虚荣心，我一本正经说道。

"嗯。当然，我不是很确定，差不多这种程度。只有我每天弄得浑身脏兮兮地在田里干农活。我哥，你也认识吧，他可是大学毕业生。他是大学棒球队的队员，不还经常上报纸吗？我弟弟现在也在上大学。我因为有自己的想法当了农民，可我哥和我弟现在照样不敢在我面前抬头。不管怎么说，东京又不产粮食，我哥虽然大学毕业后当上了科长，却老来信要我给他寄大米。寄大米可麻烦了。我哥自己来取大米的时候，他要多少我都让他扛走。不过，毕竟是东京衙门里的科长，他也不能老来扛大米吧。还有你，缺什么，随时来我家。我可不想白喝你的酒呀。农民都是老实人，受过别人的恩惠一定会如数奉还。哎呀，我不喝你斟的酒了！把你老婆叫出来。你老婆不给我斟酒，我不喝了！”我觉得不可思议，我又没让你没完没了地喝我的酒。“我不想喝了。快把你老婆带来！你不把她带来，我就去把她拽出来。你老婆在哪儿？在卧室吗？睡觉的房间？我是天下无敌的农民。平田家族你不知道吗？”他醉得越来越厉害，开始胡闹，摇摇晃晃站起来。

我笑着安抚他坐下。

“好吧，我把她带来。她是个无趣的女人，行吗？”

我说着去了内子和孩子待着的房间。

“我说，过去上小学时的同学来家里玩了，过来打个招呼。”

我煞有介事地说。

我不愿意让内子看不起自己的客人。家里的来客，不管什么类型，只要我家人对他们稍有轻贱，我就会十分痛苦。

内子抱着小儿子走进书房。

“这位先生是我小学时代的亲友，名字叫平田。我们上小学时经常打架，他右手还是左手手背上还有被我抓破后留下的疤痕，所以今天来找我算账了。”

“是吗，好可怕。”内子笑道。随后，她又恭恭敬敬鞠了一躬，“请您多多关照。”

他似乎很满意我们夫妇极其谦卑的社交礼节，喜形于色。

“哎呀，那些见外的客套话就免了。夫人，你来我这边，给我斟酒。”他也是个精明过人的社交家。背后称呼内子“你老婆”，当面改口称作“夫人”。

内子为他斟酒，他一饮而尽。

“夫人，我刚才还和修治（我的小名）说，家里缺什么东西，尽管来我家取。我家什么都有，番薯、蔬菜、大米、鸡蛋、鸡肉。马肉怎么样？你们吃吗？我是剥马皮的名人。想吃的话，来我家取。我让你们扛一条马腿回去。爱吃野鸡吗？山鸡比较好吃吧？我可是猎手啊。只要提起猎手平田，这一带无人不晓。你们喜欢吃什么，我都能为你们打。鸭子怎么样？鸭子的话，明天一早我就去田里打十只送给你们。我曾经在吃早饭前打落过五十八只鸭子呢。如果觉得我骗人，你去找桥边的铁匠笠井三郎问问。我的事，那男人一清二楚。提起猎手平田，这一带的年轻人绝对服气。对了，明天晚上，喂，文学家，和我一起去八幡神社逛庙会吧。我来找你。可能会有年轻人打群架，局势不稳啊，我会冲进人堆里让他们住手！就像幡随院的长兵卫[1]。我已经不在意死活了。就算死了，我还有财产，老婆和孩子都不会活不下去。喂，文学家，明天晚上，一定要陪我一起去啊。我要让你见识一下我的本事。每天待在这里屋无精打采地过日子，写不出好作品。你究竟在写什么作品？呵呵，艺妓小说吗？你没吃过苦头不行。我已经换过三个老婆了，越到后面的越可爱。你呢，你也有两个吗？三个吗？

1　江户时代初期的侠客。

夫人，怎么样？修治疼你吗？别看我这样子，我也是在东京生活过的男人呀。”

情况变得非常不妙，于是我吩咐内子去主屋取些下酒菜，把她支开了。

他不慌不忙地从腰间取出装烟的荷包，又从荷包附带的布袋里取出装有火绒的小盒子和打火石。他“咔嚓咔嚓”地在烟管上点火，可是总点不着。

“我这儿有很多香烟，你抽这个吧，抽烟管很麻烦吧？”

我这么一说，他注视着我，抿嘴一笑。他收起装烟的荷包，十分自豪地说：

“我们农民用的都是这玩意儿呀。你们可能瞧不上，可是很方便。哪怕下雨天，只要‘咔嚓咔嚓’打几下火石就能点着。下次去东京，我就想拿着这玩意儿去银座最热闹的地方，‘咔嚓咔嚓’来那么几下。你很快就要回东京了是不？我一定会去找你玩。你家在东京什么地方？”

“我家遭轰炸了，还没决定去哪儿呢。”

“这样啊，遭轰炸啦。我第一次听说。那你领了不少救济物资吧。前不久好像为遭到轰炸的人发了毛毯，送给我吧。”

我茫然不知所措，难以理解他说此话的真意。可是，他似乎并不是开玩笑，且反复唠叨着。

“送给我吧，我想做一件外套。肯定是不错的毛毯吧。送给我。放哪儿了？我回家时带走。这是我的风格。如果是我想要的东西，我说了带走就会带走。反过来，你来我家时也可以这么做。我不在乎，带走什么都行。我就是这种风格的男人。什么礼数之类的，我讨厌繁文缛节。行吧，毛毯我带走。”

家里仅有的一条毛毯，内子如宝贝似的珍藏着。是不是因为我们现在住在所谓“气派”的房子里，他就认为我家里一应俱全，衣食无忧？我们好比寄居在与自己身份不相称的大贝壳里的寄居蟹，一旦从贝壳里脱落，就会变成赤身裸体的可怜的小虫子，夫妻两人带着两个孩子，只能抱着毛毯和蚊帐四处流浪，露宿街头。全家人无处栖身的惨状，岂是那些在农村有房有地的人可以理解的。在这场战争中失去了家园的人们，他们中的一大半（我想一定是这样），脑子里无疑都至少出现过一次全家老小一起寻死的念头。

“别惦记毛毯了。”

“你真小气。”

他愈发纠缠起来。就在他胡搅蛮缠时，内子端着下酒菜进来了。

“哎呀，夫人，”他把矛头转向内子，“让你费心了。我不要吃的东西，你来这边帮我斟酒。我已经不想喝修治斟的酒了。他太抠了，不像话。我揍他一顿吧。夫人，我呢，住在东京的时候，可是很会打架的呀。也练过那么点儿柔道。就算是现在，修治这样的，不费吹灰之力。修治欺负你的话，随时告诉我，我把他揍趴下。怎么样，夫人，不管待在东京的时候，还是来了这里，没人能像我这样和修治毫无顾忌、亲热地说话吧。怎么说也是过去一见面就干架的朋友，修治在我面前摆不了臭架子。”

话说到此刻，我终于明白他的口不择言显然也是经过深思熟虑的，我更加觉得毛骨悚然。他让我请他喝威士忌，肆无忌惮发着酒疯，难道就是为了炫耀这种不着边际的事情吗？

我忽然想起木村重成[1]和侍茶小僧[2]的故事，还有神崎与武郎[3]和马子[4]的故事，我甚至想起韩信的胯下之辱。无论对武将木村、武士神崎还是对韩信，一直以来，与其说我钦佩他们忍辱负重的精神，不如说一想到他们各自面对无赖时所表现的沉默和深不见底的鄙视感，我反而只能感受到他们装腔作势的可恶姿态。犹如经常发生在居酒屋中的口角那样，一方已经愤怒得不停咆哮，而另一方却气定神闲、笑容可掬，他仿佛用眼神告诉周围的人：“打扰大家了，他在发酒疯”，随后又对情绪激动的对手说，“好了，我明白啦，向你赔礼道歉啦，给你鞠躬。”我觉得这种行为实在让人不敢恭维，无耻至极。被这种态度一激，愤怒的男人想必更加暴跳如雷。武将木村和武士神

1 安土桃山时代至江户时代初期的武将。丰臣氏的家臣。——编注

2 日本室町时代至江户时代的官职，在将军、大名周围端茶送水，接待访客之人。——编注

3 即神崎则休。江户时代前期的武士。——编注

4 因吃了咬自己的马而得名。此人在茶屋喝酒之时，故意刁难刚好在场的神崎与武郎，最后还让他写了道歉文。——编注

崎，还有韩信，当然不会向围观群众暗使猥琐眼色，并用“好了，我明白啦，向你赔礼道歉”这种话露骨地哗众取宠，他们一定会表现得豁达大度，用诚恳的态度向对方赔礼道歉。然而，这些动人故事，和我的道德观背道而驰。我从他们身上感觉不到忍辱负重的精神。我认为，忍辱负重，不是那种一时的戏剧性表演，而是阿特拉斯般的忍辱、普罗米修斯般的负重，是他们身上表现出的持之以恒的美德。况且前面提到的三位，我们能够看到当时三位伟人身上各自非比寻常的优越感，因此，无论是侍茶小僧还是马子，想要对他们动手也在情理之中，我反而对这些无赖产生了同情心。尤其是武士神崎故事中的马子，他甚至认真阅读了道歉文，但是，他完全高兴不起来，后来的四五天，他开始自暴自弃，用酒灌醉自己。我原本丝毫不钦佩那些动人故事中的伟人，反而对无赖们怀有强烈的同情心和共鸣，然而，现在面对眼前这位稀客，我似乎不得不把过去对木村、神崎、韩信等人的看法做出重大修正。

我开始向必须远离失控的野马这一道德观发生倾斜，哪怕这么做非常怯懦。我没有闲暇冷静地审视忍辱负重等美德。我可以断定，木村、神崎和韩信，比那些气急败坏的无赖之徒性格软弱，被他们压制，毫无胜算。哪怕是耶稣基督，见时不利兮，不也“主啊，就这么逃走”吗?

只有逃之夭夭一条生路。倘若此刻在此惹怒这位亲友，上演一出门窗被砸坏的闹剧，那么，这里本不是我自己的家，注定大家不得安宁。即便不到这种程度，平素只要孩子弄破隔扇、拉坏窗帘、在墙上涂鸦，我也总是胆战心惊。当下，我不得不尽力不去招惹这位亲友。三位伟人的传说，在道德教科书上被冠以“忍辱负重”“大勇和小勇”的标题，深深迷惑了我们这些求道中人。如果要我在道德的教科书中采用这些故事，想必我会为它们起“孤独”这样的标题。

我觉得此刻我理解了三位伟人身处那种时刻的孤独感。

我边注视着他嚣张的气焰边暗自烦恼，忽然，他声音凄厉地喊叫起来：

“哇啊！”

我吃了一惊，注视着他。

“我喝醉了！”他嚷嚷道。他的姿态宛如金刚，宛如不动明王。他双眼紧闭，嘴上大声吼着，双手撑在膝盖上，看上去正使出浑身气力和醉意殊死一搏。

他应该已经酩酊大醉了。他几乎一个人喝完了新的长方形酒瓶里一半以上的酒，额头上冒着油光发亮的汗珠，这是用金刚或阿修罗等词来形容也绝不为过的骇人形象。我们夫妻见此情形，交换了一下极度不安的眼神，可是三十秒后，他却像没事人似的开口了。

“威士忌果然来劲，让人一醉方休。夫人，给我斟酒。再靠近一点呀。我不管醉成什么样子，都不会丧失理智。我今天受二位款待，下次一定好好招待你们。来我家玩啊。不过，我家里什么都没有。倒是养了一些鸡，但绝不能杀了它们。那可不是一般的鸡，那叫咬鸡，是斗鸡用的。今年十一月有一场大型斗鸡比赛，我打算让它们全部参加，现在正在训练。我要拧断那些输得很惨的家伙的脖子，剁了煮鸡汤。所以要等到十一月。当然，我会给你们两三根萝卜的。”他的口气开始变得越来越小。“我没酒，什么都没有，所以两手空空来你家喝酒。最近我如果能打到一只鸭子的话会送给你们。不过，我有个条件，这只鸭子我与修治和夫人三个人一起吃。到时候修治出一瓶威士忌，你们要是说鸭肉不好吃，我可不认。你们说那东西难吃，我不买账哦。那可是我费心打来的鸭子。我希望听你们说好吃。行吧？说好咯。好吃！香！必须这么说。啊哈哈哈。夫人，农民就是这样，你要看不起他的话，给他一根绳子他都不要。和农民打交道是有窍门的。明白吗？夫人。绝不能装腔作势，故作姿态。什么？夫人和我老婆也一样，一到晚上……”

内子笑着说：

“孩子好像在里屋哭呢。”

她说着逃走了。

“不行！”他大声嚷着站起身。“你老婆不行！我老婆可不是这样啊。我去把她拽来。我家可是模范家庭。有六个孩子，夫妻关系圆满着呢。要是觉得我骗人的话，你去找住在桥边的铁匠笠井三郎问问。你老婆的房间在哪儿？让我看一下卧室。

让我去看一下你们的卧室呀。”

啊啊，给这样的人喝我珍藏的威士忌，真是愚蠢透顶!

“打住，打住，”我站起来，抓住他的手，我实在笑不出来了，“不要理那个女人，那么久没见了，让我们喝个尽兴。”

他一屁股坐下。

“你们两个，夫妻关系不好吧？我察觉出来了。很奇怪，有什么问题。我察觉到了。”

没什么察觉不察觉的，“奇怪”的原因，只在于亲友糟糕的酒品。

“不好玩，要不来唱首歌吧？”

他这么一说，我感到了双重安心。

首先，歌声恐怕可以化解眼前的尴尬局面；其次，这也算得上我最后微不足道的愿望。从大白天已经熬到快要天黑的五六个小时，我面对这位“从未有过任何交往”的亲友，听他喋喋不休，其间哪怕一个瞬间，也没有产生过这是值得尊敬的亲友，或者这是个了不起的人的想法。就此和他道别，对这位男子也只是永远留下了恐惧和憎恶的情感，除此之外没有任何值得追忆的地方。想到这一点，我深感这不管是对他还是对我都是多么无趣。我希望哪怕只有一件事，能给我留下愉快的回忆。在我们分别时，请你用悲怆的声音，唱一曲津轻的民谣，让我满含眼泪吧。这一愿望，在他发出唱一首歌的动议时便在我内心油然而生。

“好主意，请你唱一首，拜托了。”

这已经不再是阿谀逢迎的社交辞令了，是出自我内心深处的一种期待。

可是，这最后的愿望也被他无情背叛了。

山川草木尽荒凉

十里腥风新战场

而且，他说后半部分忘记了。

“好吧，我要回去了。你老婆也跑了，你给我斟酒喝起来不香。我要走了。”

我没有阻拦。

他站起身，一本正经地说：

“同学聚会，没办法，只好我来张罗，其余的事就靠你了啊。一定会办成有意思的聚会。今天多谢款待，威士忌我拿走了。”

对此我已经有心理准备。我把茶杯喝剩下的威士忌倒入还剩四分之一左右的长方形酒瓶里。

“哎呀，哎呀，怎么能这样，别抠门了，壁橱里不是还有一瓶新的吗？”

“被你知道了。”我身体抖了一下，随后干脆痛快地笑了起来。我除了佩服，无计可施。不管是在东京还是在其他什么地方，我从未见过这种人。

从此以后，不管是井伏先生还是什么人来我家，都没法一起快乐消遣了。我从壁橱里取出最后一瓶威士忌，递到他手上，我多想告诉他这瓶威士忌的价格啊。我有那么点想知道，告诉他之后，他依然是若无其事的样子，还是会说那太对不起你了，我不要了？不过我放弃了。我还是做不出款待别人之后告诉别人价格的举动。

“香烟呢？”我试着问。

“嗯，也要。我抽烟的。”

就算是小学时代的同学，我也有五六个真正的亲友，然而，我的记忆里基本上没有这个人。对他来说，除了他提到的打架这件事，恐怕他对我也几乎没有记忆吧。可是，在这大半天的时间里，我们一起度过了“朋友交欢”的时光，我甚至联想到了“强奸”[1]这个极端的字眼。

然而，事情远远没有就此结束。进而，他完美加场，演绎了一出“善终”，真是豪爽、愉快得无法形容的男人。我把他送到玄关，终于到了告别的时刻，他在我耳边狠狠地嘀咕了一句：

“放下你的臭架子！”

《新潮》，昭和二十一年（1946）十二月号

1　日语中“强奸”和“交欢”两个词的发音相同。

叮咚、叮咚

敬启者

有一件事请您务必赐教，我深感困惑。

我今年二十六岁。我的出生地是青森市的寺町，想必您不知道那里。寺町的清华寺边上有一家名叫“智也”的小花店。我就是那家智也花店的次子。我在青森上完初中后，去了横滨的某军需工厂当办事员，干了三年，随后在部队生活了四年，日本无条件投降的同时，我回到了自己的出生地。当时老家的房子已经烧毁了，父亲和哥嫂三人在那片废墟上盖了一间小屋，在那里面生活。母亲在我上中学四年级时死了。

当然，如果我也挤进那间建在废墟上的小屋的话，会让我父亲和哥嫂夫妇感到不便，所以我和父亲、哥哥商量后，来到了离青森市约二里地的海边部落的三等邮局，即这家A邮局工作。这家邮局是我母亲的娘家开的，局长就是我母亲的哥哥。我来这里工作，不知不觉已经过了一年有余的时间，日复一日，我觉得自己将会变成一个无聊之人，对此我感到心神不宁。

我拜读您的小说，始于在横滨军需工厂当办事员的时候。我在名为《文体》的杂志上读到了您的短篇小说，之后便养成了主动找您的作品来读的习惯。在拜读您大量作品的过程中，我了解到您是和我毕业于同一所中学的学长，并且您上中学时住在青森市寺町的丰田先生家里，这让我激动不已。如果那户人家是丰田和服店的话，那么就和我家同属一个街区，我非常熟悉他家。那家店的上一代老板太左卫门先生大腹便便，他名字叫“太左卫门”，和他的体型也非常匹配。现在的太左卫门先生，身材清瘦且英俊潇洒，我真想称呼他一声“羽左卫门先生”。他们看上去都是善良的人。上次的空袭，丰田先生的家也付之一炬，就连仓房也烧塌了，真是令人同情。当我得知您曾经在他家居住过，就很想请现在的老板太左卫门先生为我写一封介绍信，去府上登门拜访。可是，我是个胆小鬼，只是自己一厢情愿地胡思乱想，并没有付诸行动的勇气。

不久我入伍了，被派往千叶县驻守海岸，直到战争结束前，每天都在那里挖防空洞。即便如此，我还是利用偶尔才有的半天休假时间去市内找您的作品拜读。就这样，我萌生了给您写信的想法，不记得有多少次，我已经把钢笔都握在了手里。可是，每当我写下“敬启者”三个字后，便不知道该写什么了。我并没有什么事要告诉您，何况对于您来说，我完全是个陌生人，因此，我只能手握钢笔，独自惆怅。不久，日本无条件投降，我也回老家进了A邮局工作。最近我去青森市办事，顺便去市内的书店转了转，找到了您的作品，并且，我通过您的作品了解到，您也在经历了战争灾难之后，来到了自己的出生地——金木町，我再次激动万分。然而，我还是没有勇气突然登门拜访。经过反复思考，我决定先给您写信。这一次，我不再是仅写下“敬启者”之后便茫然不知所措，因为我的确有事找您，而且是十万火急的事情。

我希望得到您的指教。我真的十分茫然。而且，这不是我一个人的问题，我觉得一定也有人和我一样遭受着相同的困扰，为了我们大家，请您务必赐教。无论是在横滨的工厂里，还是在部队里，我一直一直都想给您写信，然而，现在我终于要给您写第一封信了，却如此缺乏令人心情舒畅的内容，这完全出乎我的意料。

昭和二十八年八月十五日正午，我们接到命令在兵营前的广场上列队集合，在那里听了据说是来自天皇陛下本人的广播讲话，讲话声几乎被杂音遮盖了，一个字都听不清楚。就这样，后来，一个年轻中尉大踏步跑上讲台。

“听清楚了吗？明白了吗？日本接受了《波茨坦公告》，投降了。但是，那是政治家们的事。我们军人必须战斗到底，一个不剩地自我了断，向天皇谢罪。我从当兵的那天起就做好了准备，你们也必须下定决心。明白了吗？好。解散！”

说着，年轻中尉走下讲台，摘下眼镜，他边走眼泪边扑簌簌地落了下来。此时的场景或许可以用“肃杀”一词来形容吧。我伫立着，四周朦朦胧胧地变得昏暗起来，寒风不知从哪个方向吹来，我感觉自己的身体开始自然而然地沉往地底下。

我以为我要死了。我真的以为自己要死了。前方的树林安静得让人毛骨悚然，漆黑一片，一群小鸟，犹如一把撒向空中的芝麻粒，悄无声息地飞过树林的上空。

啊，就在此刻，我身后的营房那头传来了有人用铁锤敲击钉子的声音，“叮咚、叮咚”，十分悠远。就在我听见声音的瞬间，或许可以用“如梦初醒”一词来形容当时的感觉，悲壮且肃杀的氛围顿时消失，我仿佛摆脱了附体的恶魔，如释重负。我百无聊赖地眺望着盛夏正午时分的沙滩，内心没有一丝波澜。

就这样，我把背包塞得满满的，恍恍惚惚地回到了故乡。

来自远处隐隐的铁锤敲击声，不可思议地将我从军国主义的幻影中彻底剥离，我似乎不会再度沉醉于那种悲壮且肃杀的噩梦中。然而，那个微弱的声音，大概击穿了我脑髓里的金色标靶，自那时起至今，我变成了一个行为异常，犹如患上了可怕的癫痫病那样的男人。

这么说，绝不意味着我是个会疯狂发作的人。恰恰相反，我对任何事情都很容易动情，每当我情绪兴奋时，就会听到“叮咚、叮咚”——那个方向不明的悠远的铁锤敲击声。我霎时变得如释重负，眼前的景物发生剧变，犹如画面忽然中断，只剩下一块纯白色的银幕，我目不转睛地凝视着那块银幕，内心感到无以言表的空洞和沮丧。

我刚来这家邮局工作时，自以为从今往后可以自由自在地学习自己喜欢的东西，我想先写写小说，并且寄给您过目。邮局的工作非常空闲，我试着写下了我对部队生活的回忆。我非常努力地写了将近一百页稿纸，就在一两天内就要完成的某个秋天的黄昏，我在忙完邮局的工作后前往澡堂。泡在热腾腾的水池里，我在心里构思着今晚即将创作的最后一章，是如《奥尼金》的最后一章那样，用既浪漫又悲伤的故事来收尾，还是写成果戈理《两个伊凡吵架的故事》那样的绝望式结局？我情绪无比激动，心跳加速，就在我抬头望见垂挂在高高天花板上没有灯罩的电灯泡的亮光时，“叮咚、叮咚”，我听见了来自远方的铁锤的敲击声。瞬间，我觉得周身的浪潮退去，自己只是一个在昏暗的浴池角落里哗啦哗啦拨弄洗澡水的裸体男。

我倍觉无趣，爬出浴池，边搓着脚底板下的泥垢，边洗耳恭听澡堂里的其他客人谈论配给制的话题。无论是普希金还是果戈理，他们犹如外国生产的牙刷名称，极其乏味。我出了澡堂，走过小桥，回家默默吃完饭后，返回自己房间，翻看写字台上将近一百页的稿纸。我为写得如此蹩脚的小说深感愕然，心灰意冷，连撕碎稿纸的力气都没有，后来的每一天，它们全都成了我用来擦鼻涕的废纸。那天以后，直到今天我都没有写过一行称得上是小说的文字。舅舅家里也有少量藏书，我偶尔向他借几本明治、大正时期的小说名作集来读，有些能打动我，有些则不然。我的日子过得极其随意，下暴雪的夜晚便早早睡下。就在如此缺乏“精神”生活的状态下，我看完了《世界美术全集》。这一次，我对以前如痴如醉的法国印象派竟然没有怎么动心，却被日本元禄时代的尾形光琳和尾形乾山两人的作品吸引了眼球。我觉得光琳的《踯躅图》等作品，比塞尚、莫奈、高更等所有画家的作品都出色。就这样，我的所谓精神生活似乎正在再次复苏。然而，自己毕竟没有成为光琳、乾山那种名家的狂妄野心，充其量只是偏僻乡村里的业余作家，而且自己力所能及的工作，也就是从早到晚坐在邮局的窗口前数数别人的纸币，仅此而已。对我这种不学无术的人来说，这样的生活未必是堕落的。或许世上真有谦逊这种皇冠，踏踏实实地干好每天平凡的工作，或许才是最高尚的精神生活。我逐渐对自己每天的生活有了自豪感。当时恰逢日元改换新币的时期，就连我们这种偏僻乡村里的三等邮局，不，正因为是小型邮局，由于人手不够，反而每天忙得焦头烂额。那个时期，我们每天一大早就开始为客户办理储蓄申报，或在旧日元上贴证纸，哪怕累得直不起腰来也不能休息。尤其是我，我觉得自己投奔舅舅一家，此时恰好是知恩图报的好时机，于是每天工作得筋疲力尽，双手犹如戴上了沉重的铁手套，丝毫感觉不到手的存在。

我白天这么工作，晚上倒头就睡，第二天一大早，听到枕边的闹钟铃声我便一跃而起，跑进邮局开始大扫除。虽然打扫卫生固定是由女职员们干的，但是，自从日元改新币的繁忙业务开始以来，我的工作热情变得异常高涨，无论干什么都充满干劲，以今天赶超昨天，明天赶超今天的速度，马不停蹄地工作，几近半疯癫的状态。就在日元改新币的工作终于宣告结束的那天，我依然天色微明时分起床，把邮局彻底打扫了一遍。我忙完所有准备工作，坐到办理业务的窗口前，恰好清晨的阳光直射到我的脸上。我眯上困倦的眼睛，内心充满自豪的满足感，想起了“劳动是神圣的”这句话。就在我舒心地吐出一口气时，我好像又隐隐听到了那个来自远方的“叮咚、叮咚”声，只此一瞬间，我变得兴味索然，起身回到自己的房间，蒙上被子睡了过去。有人来叫我吃午饭时，我不耐烦地告诉对方今天身体不舒服，不想起床。那天好像是邮局最忙碌的一天，我这个最优秀的员工却躺倒了，搞得大家手忙脚乱。我一整天都睡得迷迷糊糊。由于我的任性，报答舅舅的行动似乎也取得了适得其反的效果。事已至此，我完全没有了将全部精力投入工作的心情，第二天懒觉睡到很晚，随后睡眼惺忪地坐在办理业务的窗口前，一个接一个打哈欠，所有工作几乎都交给了隔壁窗口的女职员。就这样，第二天、第三天，我又变成了无精打采、怏怏不乐的邮局窗口的普通职员。

“你小子，身体哪里不舒服？”

局长舅舅问我。

“没有哪里不舒服。可能是神经衰弱吧。”

我皮笑肉不笑地回答。

“是啊，是啊，”舅舅看上去很得意。“我也这么觉得。那是因为你本来脑子不好使，却偏要读难懂的书，变成了这样。我就不像你，脑子不好使的人，还是不要去想复杂的事情。”他说着笑了起来，我也苦笑了一下。

我的这个舅舅，按理上过专门学校，可是浑身上下没有一丝知识分子气质。

就这样，后来（您是不是觉得我的文章里有大量就这样、后来这两个词？这大概也是脑子不好使的人的文章特色。我自己也很郁闷，它们总是无意间出现，我也只好听之任之），就这样，后来，我开始恋爱了。请您不要笑话我。不，即便您笑话我，我也无话可说。金鱼缸里的鳉鱼，浮在离缸底两寸高的水里，纹丝不动，就这样自然而然地怀上了，我也和鳉鱼一样，在浑浑噩噩的生活中，不知不觉开始了一段羞涩的爱情。

一旦开始恋爱，人便会沉醉于音乐中，我觉得那是恋爱病最明显的症状。

其实我陷入了单相思。可是我对那个女孩爱得无法自拔。她是这个海边部落中唯一的一家小旅馆中的女佣，好像不满二十岁。局长舅舅喜欢喝酒，他断然不会缺席部落在这家旅馆最里面的榻榻米房间里举行的宴会，所以和那位女佣看上去关系亲密，女佣来邮局办储蓄或保险业务时，只要她一出现在窗口，舅舅一定会说些压根不好笑的迂腐不堪的玩笑话打趣女佣。

“最近看上去生意兴隆嘛，存那么多钱。真是佩服。是不是嫁了个有钱男人啊？”

“无聊。”

女佣说。就这样，她说这话时，脸上实际上露出了嫌弃的表情。她长着一张凡·代克画中的贵公子那样的脸，那不是女人的脸。她叫时田花江，存折上这么写着。她以前好像住在宫城县，存折的地址栏里也写着以前宫城县的地址，是用红线划掉后在旁边填上了这里的新地址。按照邮局里女职员的说法，宫城县那里遭受了战火，日本无条件投降前不久她突然来了这里，旅馆的老板娘是她的远房亲戚。就这样，她过上了寄人篱下的生活，虽然还是个孩子，却相当能干。然而，疏散来这里的人，在当地人中没有一个有好的口碑，我压根不相信她很能干的传言。不过，花江的存款的确不少。按规矩，邮局职员不能公开议论别人的存款。总之，花江小姐即便被局长调侃，每周也都会来存上两百或三百日元，总额一个劲儿地上涨。我可不认为这是因为她嫁了什么好男人。每当我在花江小姐的存折上盖上两百或三百日元的印章时，就会不由自主地心跳加快，脸上泛起潮红。

就这样，我逐渐变得很痛苦。花江小姐绝不是什么能干的人，但是，这个部落里的人都对花江小姐各怀鬼胎，给她钱，这么下去岂不是毁了花江小姐吗？每当我想到这一点，甚至夜里也会惊醒，猛地从被窝里坐起来。

可是，花江小姐还是以每周一次的频度若无其事地来邮局存钱。现在我不仅心跳加快，脸上泛起潮红，还因为过于痛苦，脸色变得苍白，额头冒出油汗。我一张一张清点花江小姐一脸正经地递给我的贴有证纸的十日元脏纸币，不知多少回，我产生过想把它们全部撕成碎片的冲动。并且，我想对花江小姐说一句话，也就是镜花小说里写的那句名言："宁死也不要成为别人的玩偶！"这的确有些装腔作势，而且，也不是能从我这种不知好歹的土包子嘴里说出来的话，可我是认真的，忍不住想要这么说。宁死也不要成为别人的玩偶，物质算什么，金钱算什么。

俗话说想什么来什么，这话不无道理。事情发生在刚过五月中旬的时候，花江小姐和往常一样，一脸严肃地出现在邮局窗口外面。她边说着"给"，边将钱和存折递给我。我叹了口气，接过钱和存折，以悲伤的心情开始一张、两张地清点脏兮兮的纸币。我在存折上填入金额，默不作声地交还给花江小姐。

"五点，你有时间吗？"

我怀疑自己听错了。难道不是春风在戏弄我的心？她声音低沉，语速很快。

"如果有空的话，请来桥上。"

花江小姐说着咧嘴一笑，很快若无其事地转身离开了。

我看了一下手表，刚过两点。说起来真没出息，直到五点的后来这段时间里自己干了什么，我现在怎么都想不起来。我一定表情严肃，坐立不安。我突然对旁边的女职员大声嚷道，今天天气真好。外面分明阴着天，女职员吓了一跳，我瞪了她一眼，起身走进洗手间，想必模样非常可笑。五点不到七八分钟的样子，我出了家门。途中，我发现两只手上的指甲很长，不知为什么，我至今依然记得当时自己沮丧得几乎想哭。

花江站在桥边上，身上的裙子看上去非常短。我瞥见了她裸露的长腿，垂下眼睛。

“我们去海边吧。”

花江小姐平静地说。

花江小姐走在前头，我跟在离她五六步远的身后，慢慢走向海边。就这样，两人虽然保持着一段距离，步调却在不知不觉中惊人地一致起来，这让我无地自容。天色阴沉沉的，有些微风，吹起了海滩上的沙子。

“这里真好。”

花江小姐走进停靠在岸边的渔船和渔船中间的空地，在沙石地上坐下。

“过来吧。坐下来就吹不到风了，很暖和呢。”

花江小姐伸开两腿坐着，我在距离她两米的地方坐下。

“对不起，特意叫你出来。可是我有话要对你说。是存款的事情。你一定觉得很奇怪吧？”

我想这就开始了。我声音嘶哑地答道：

“是觉得很奇怪。”

“你这么想我一点儿都不怪你。”花江小姐说。她低下头，捧起沙子撒在光脚上。“那些不是我的钱。如果是我的钱，我才不会存起来。每次都得去存，太麻烦了。”

原来如此，我默默点了点头。

“你也觉得吧？那本存折是老板娘的。不过，你一定要替我保密，绝对不能告诉任何人。老板娘之所以这么做，我多少有些知道，但是事情很复杂，我不想说。我很难做。你能相信我吗？”

花江小姐轻声笑了一下，我看见她的黑眼珠上闪着奇特的光亮，原来是泪花。

我多想和花江小姐接吻啊，可我不能那么做。我想，如果能和花江小姐在一起，受再多苦也心甘情愿。

“这里的人都不怀好意。我觉得你可能误会我了，必须和你说清楚，所以今天才下了决心。”

此时，实际上我又听到了从附近的小屋传来的铁锤敲击钉子的声音——“叮咚、叮咚”。此刻的声音不是我的幻觉，它来自建在岸边的佐佐木先生的库房，事实上，是佐佐木先生开始用榔头重重地敲击钉子。“叮咚、叮咚”，他节奏密集地敲击，我抖动着身体站了起来。

“我明白了。我不会告诉别人。”我看见花江小姐的身后有大量狗粪，非常想提醒她。

海浪有气无力地翻腾，扬着邋遢风帆的船只，贴着海岸摇摇晃晃地驶过。

“那我告辞了。”

我心中一片茫然。存款是谁的，关我什么事。本来就是毫不相干的两个人。就算变成别人的玩偶或者其他什么，不是和我也没有任何关系吗？真是无聊透顶。我觉得肚子饿了。

自那以后，花江小姐还是照例每周或隔十天来邮局存一次钱，现在存折上已经有了几千日元的金额，对此，我完全不感兴趣。这些钱是否如花江小姐所说的那样，是老板娘的，或者，实际上是花江小姐自己的，无论是谁的，都和我没有半毛钱关系。

就这样，如果说这件事究竟意味着谁失恋了，那么，我觉得不管怎么说，失恋的人应该是我。不过，就算失恋了，我也没有感到特别难过，因此，我认为这实在是非常奇特的失恋状态。就这样，我又做回了无所用心的邮局的普通职员。

到了六月，我有事去青森，碰巧遇上了工人游行队伍。过去，我对社会运动或者政治运动没什么兴趣，确切地说，我的感觉类似于绝望。不管谁来领导我们，结果都一样。并且，不管参加什么运动，也只能成为那些领导人实现名誉和权力欲望的牺牲品。他们信誓旦旦地高谈自己的信念，大言不惭地吹嘘，跟随我，就能拯救你和你的家庭、你的村庄、你的国家，乃至全世界。他们还扬言，你们之所以得不到拯救，是因为你们不听我的话。他们在被名妓甩了无数次之后怒火中烧，高喊废除公娼的口号，怒揍美男子同志。他们行为粗暴，喋喋不休，偶尔得了勋章，得意扬扬跑回家，嘴上叫着“老婆”，轻轻打开装勋章的小盒子，在老婆跟前炫耀，不料被老婆冷言冷语：“哎哟，这不是五等勋章吗？至少得个二等呀。”丈夫立马泄了气。我一直以为，就是这种半癫狂的男人才会埋头于那些政治运动、社会运动。所以在今年四月的总选举中，虽然也把民主主义的口号喊得震天响，但对这些人我一向难以信任，自由党、进步党一如既往地老朽们当道，我全然没有兴趣。社会党得意忘形地四处活动，他们或许也是赶上了战败的好时机，我觉得他们犹如从无条件投降的死尸身上滋生出来的蛆虫，无法消除对他们的不洁印象。四月十日投票当日，局长舅舅吩咐我为自由党的加藤先生投票，我“好、好”地应承下来，一出家门就跑去海边散步，之后径直回家了。我曾经认为，在社会问题和政治问题上，无论他们提出什么样的主张，都无法解决我们日常生活中的忧虑。然而，那天在青森见到工人们的游行队伍，我忽然觉察，自己过去的想法全都错了。

或许我可以用“气宇轩昂”来形容他们。那是多么神采飞扬的游行队伍啊，看不到一丝愁容和卑屈的神情，有的只是不断高涨的活力。女青年们也挥舞手旗，高唱劳动者的歌曲，我不由得心潮澎湃，眼泪流了下来。啊啊，日本投降了，我深感庆幸。我觉得，这是自己有生以来初次见到的真正自由的状态。如果这就是政治运动或社会运动带来的结果，那么，人首先应该学习的就是政治思想、社会思想。

在观看游行队伍的同时，我的心情变得万分愉悦，仿佛自己终于切切实实接触到了一条从此应该走上的光明大道。兴奋的泪水挂在我的脸颊上，宛如潜在水底睁开眼睛时看到的那样，周围的景物笼罩着朦胧的绿色烟霭，在微暗的水中随波徜徉，鲜红的旗帜在那里燃烧，啊！那个色彩，我低声抽泣，我以为眼前的一幕我将终生难忘。忽然，我听见了悠远的敲击声"叮咚、叮咚"，它又很快消失了。

那个声音究竟是什么？它也不是用"虚无"二字可以轻易描述的。那个"叮咚、叮咚"的幻听，甚至打碎了虚无的感觉。

到了夏天，在这个地方的青年人中间掀起了一股小小的运动热。或许因为自己身上多少有些年长者的实用主义气息，见他们毫无意义地裸着身体摔跤，有人被摔成了重伤，还有人龇牙咧嘴地比谁跑得快，我觉得那充其量也不过是一群百米跑二十秒的人的角逐，大家半斤八两，可笑至极。我从来没想过参加这些青年人组织的体育活动，一次都没有。可是今年八月，我们这里举行了一场穿行海岸线的各部落长跑接力赛，这个郡里的年轻人非常踊跃，我们A邮局也被定为接力赛的一个中间站，据说从青森出发的选手，在这里和下一位选手交接。上午刚过十点，听到从青森出发的选手快要抵达时，我们邮局的人都出门围观，只剩下我和局长在整理简易保险。不一会，传来“来了、来了”的喧闹声，我起身隔着玻璃窗往外张望。大概这就是最后的冲刺吧，选手的手指如同青蛙的脚趾那样张开，舞着双臂撩拨着空气奋力往前冲，样子非常奇特。就这样，选手赤裸上身，只穿着一条短裤，当然光着脚丫，高高挺起宽阔的胸脯，表情痛苦不堪。他伸长脖子，左右晃动着脑袋，脚步踉跄地跑近邮局门口，“呼哧”一声栽倒在地。

“真棒！你尽力了！”跟在选手身边的人高声呼喊，一把抱起选手，把选手带到我正向外眺望的窗下，将事先准备好的水桶里的水从选手头上浇了下去。选手看上去几乎处于半死不活的危险状态，脸色苍白，身体疲软地躺在地上。目睹这一光景，我的内心涌出了异样的感慨。

说他可怜，二十六岁的我未免狂妄自大，如果说值得同情倒也恰如其分，总之，他把力气浪费到这种程度，也着实令人钦佩。尽管世上几乎没有人关心他们中谁夺得一等奖，谁夺得二等奖，他们却依然竭尽全力完成最后的冲刺。他们恐怕并没有通过这场长跑比赛建设所谓文化国家的理想。他们既没有任何理想，也没考虑过哪怕装一下门面，边跑边高喊理想的口号，以此来博得世人的赞扬。他们中也没有人怀有将来成为伟大的马拉松运动员的野心，他们十分清楚，这终究不过是一场乡下人的赛跑游戏，成绩算不上什么，回家后，也不会对家人吹嘘，反而要担心会不会被老子责骂。即便如此，他们还是想跑，想拼命地跑。得不到称赞也无所谓，只是想跑一跑。这是得不到任何回报的行动。儿童爬树的危险举动，尚且出自摘下柿子来吃的欲望，这场赌上性命的马拉松比赛，甚至连这点动机都没有。我认为这完全出自虚无的热情。这恰好与我当时空虚的情绪契合得天衣无缝。

我开始和邮局职员玩投接球练习。练习到疲惫不堪时，身体中便会产生脱一层皮的快感。每当自己为此心满意足时，那个“叮咚、叮咚”的声音就会响起。那个“叮咚、叮咚”的声音甚至能摧毁我虚无的热情。

近来，那个“叮咚、叮咚”的声音出现的频率越来越高。我翻开报纸，正打算一条条熟读新宪法时，叮咚、叮咚。舅舅找我商量邮局的人事问题，脑子里刚想出一个好主意时，叮咚、叮咚。最近部落里有一户人家着火了，我正打算起身赶往出事地点时，叮咚、叮咚。晚饭时和舅舅喝酒，刚想再喝一杯时，叮咚、叮咚。我担心自己快发疯了，也能听到叮咚、叮咚。我考虑自杀时，叮咚、叮咚。

“如果用一句话来概括的话，人生到底是什么？”

昨晚，和舅舅一起吃晚饭时，我用开玩笑的口吻问道。

“人生，我不知道。人世，就是情色和欲望。”

我觉得这是出人意料的好答案。我突然想，自己可以干黑市交易。可是，当我刚开始考虑自己在黑市交易上挣了一万日元后可以干什么时，耳朵里又立刻响起了“叮咚、叮咚”的声音。

请告诉我，这个声音是什么？怎么做才能摆脱它。实际上，现在，我已经被这个声音纠缠得无法动弹。求您了，请您回复我。

最后，请允许我追加一句，我在这封信尚未写到一半时，“叮咚、叮咚”的声音便不断响起。我知道我写了一封极其无聊的信，不过，我还是硬着头皮写了上面这些内容。就这样，我发现由于自己无聊至极，自暴自弃，写了满篇谎话，既不存在花江小姐这位女性，我也没有见过游行队伍。其他事情基本上也都是我编出来的。

唯有“叮咚、叮咚”的声音，似乎不是我虚构的。我不打算再回头重新读一遍了，就这么寄出。谨上。

收到这份奇怪来信的某作家，很不幸，也是一位缺乏学识、毫无思想的男人，他写了下面这封回信。

敬复。对于阁下的无病呻吟，我并不觉得同情。您似乎还在回避十目所视、十手所指、没有任何辩解余地的丑态。较之睿智，真正的思想，更需要勇气。《马太福音》第十章第二十八节云：“那杀人身体但不能灭人灵魂的，不要怕他们，惟有那能在地狱里毁灭身体和灵魂的，才要怕他。”此处的“怕”，近似于“敬畏”之意。对于耶稣的这句话，您若能感知它的震撼，您的幻听无疑就会停止。书不尽言。

《群像》，昭和二十二年（1947）一月号

美男子与香烟

迄今为止，我一直以孤军奋战自居，可是，现在眼看就要败下阵来，我无法克制内心的极度不安。事到如今，我绝不可能去请求一直以来被我鄙视的对手——“请把我当朋友”，向他们低头认错。我依然只有独自一人，喝着劣等酒，继续我的浴血奋战。

我的奋战，用一句话来概括，就是和旧事物战斗，和屡见不鲜的装腔作势战斗，和不言而喻的文过饰非战斗，和鸡鸣狗盗之事、心胸狭窄之人战斗。

我甚至可以向耶和华起誓。为了这场战斗，我已经倾尽所有。并且，我形单影只，嗜酒如命，完败指日可待。

老朽们居心叵测，他们每每不知羞耻地吹嘘陈腐不堪的文学论、艺术论，以此肆意践踏努力破土而出的新事物萌芽，而且，他们从不自省所犯的罪恶，令人由衷钦佩。他们刚愎自用，一意孤行，唯惜命如金，惜金如命，为出人头地讨妻子欢心而拉帮结派，对同门极尽吹捧之能事，以所谓的团结一致来欺压不群之士。

我已经走到穷途末路了。

前几日，我在某酒馆喝劣等酒，三个上了年纪的作家推门而入。尽管我和他们从无交集，却被他们猛地围在中间。他们已经喝得酩酊大醉，信口雌黄地攻击我的小说。无论怎么喝酒，我都极其厌恶借酒撒疯，因此，我对他们的攻击权当耳旁风一笑了之。回家后，我吃着推迟的晚饭，内心深感憋屈，不禁呜咽得泪流不止。我放下饭碗和筷子，哇——哇——号啕大哭起来。

“人家，人家，呕心沥血写作，却被大家看不起……他们那些人都是前辈，比我年长十岁、二十岁，可是，他们联合起来否定我……他们卑鄙，狡猾……我，受够了，我也不想再忍了，我要公开谴责这些前辈，和他们一决雌雄……他们太过分了。”

我不停唠叨着，越哭越伤心，把内子吓得不轻。

“去睡吧，好吗？”

她说着，拉着我走到铺好的被褥旁，我钻进被窝，还是伤心地呜咽，不能自已。

啊啊，活着，让人不胜其烦，尤其是男人，活得痛苦且悲哀。我们时刻要和别人战斗，而且，不允许失败。

就在我伤心痛哭的几天后，某杂志社的年轻记者来找我，他对我说了很奇怪的话。

“想不想去上野一带看流浪汉？”

“流浪汉？”

“嗯，我想拍您和流浪汉在一起的照片。”

“我和流浪汉在一起？”

“是的。”

记者回答，他说话的神态镇定自若。

他为什么特意选中了我？太宰，等于流浪汉。流浪汉，等于太宰。是不是其中存在某种因果关系？

“我去。”

我似乎有一种怪癖，每当我想哭的时候，反而会条件反射地正面回击对手。

我立刻起身换上西服，快步走出家门，好似我在催促年轻记者。

这是一个严冬的清晨，我用手帕压住流出的清水鼻涕，默不作声走路，心情郁郁寡欢。

两人从三鹰站乘坐省线列车抵达东京站，随后换乘市内电车，年轻记者带我顺道先去了杂志总部。我被引到会客室后，他们立刻用威士忌招待了我。

仔细一想，总部编辑部的人，或许出自好意做了这种安排，他们觉得太宰是个胆小鬼，必须让他喝点威士忌壮胆，他才能和流浪汉交谈。说实话，这瓶威士忌的口味非常奇怪。过去我喝过各种奇怪的酒，所以绝不是我不懂装懂。我还是第一次自斟自饮威士忌。尽管瓶子上贴着洋气的标贴，瓶子本身也很有质感，但是口感浑浊，可以算作威士忌中的浊酒吧。

不过，我还是喝了。大口大口给自己灌酒，还对着聚集到会客室里来的记者们劝酒：“不喝一杯吗？”他们一个个只笑不喝。我听说聚在这里的记者们基本上都是好酒量。但是，他们不喝。看来酒鬼也对威士忌中的浊酒敬而远之。

只有我喝得醉醺醺的。

“怎么回事，各位太无礼了吧。你们这些家伙，用自己都不喝的奇怪威士忌请客，太过分了吧。”

我笑着说。记者们一定是觉得太宰差不多酩酊大醉了，必须在他酒醒之前让他去和流浪汉碰面，换句话说，机不可失。他们把我弄上小车，带去上野站，钻进据说是流浪汉老巢的地下通道。

然而，记者们精心准备的这一计划，算不上成功。我下了地下通道，目不斜视地径直往前走，快到出口处，我发现烤鸡肉串的店铺前，有四个少年站在那里抽烟，我十分不悦地走近他们。

“把烟给我。抽了烟反而会觉得肚子饿。把烟给我。想吃烤鸡肉串的话，我给你们买。”

少年们顺从地把抽到一半的香烟丢到地上。他们都是十岁前后、年纪尚幼的孩子。我对烤鸡肉串店的老板娘说：

“给这几个孩子每人来一串。”

我产生了莫名其妙的怜悯心。

这就是行善吗？我难以忍受。我蓦然想起了瓦雷里的话，更觉不堪忍受。

倘若我当时的行为被庸俗不堪的人们看成有那么一点善举的话，无论被瓦雷里怎么鄙视，我都无话可说。

瓦雷里说，你必须总是带着歉意去行善，因为没有比行善更伤人的。

心情仿佛患上了感冒，我佝偻着身子，大踏步地走出了地下通道。

四五个记者从我身后追了上来。

“怎么样，是不是就像地狱一样？”

另一位说：

“总之，像另一个世界吧！”

又一个人问：

“吓着您了吧？您有什么感想？”

我开怀大笑。

“地狱？怎么可能，我一点儿没觉得惊讶。”

说着，我向上野公园方向迈开步子，开始夸夸其谈起来。

“实际上，我什么也没看到。我脑子里只想着自己的痛苦，眼睛直视前方，快速穿过了地下通道。不过，我明白了你们特意选中我钻进地下通道的理由。肯定因为我是美男子。”

众人哄堂大笑。

“不，我不是开玩笑。不知道你们是否察觉，尽管我目不斜视地走路，我还是发现了躺在昏暗角落里的流浪汉，他们几乎都是容貌端正的美男子。换言之，美男子大多有沦落到地下通道生活的可能性。你也是肤色白皙的美男子，所以很危险，你要多加小心。我也会小心的。”

大家再次哄笑起来。

自负得不可一世，无论别人怎么说，自己一如既往地自负，等到忽然清醒时，自己的身体已然躺卧在地下通道的角落里，没有了人样。我仅仅一气呵成地穿过地下通道，便有了如此不寒而栗的切身感受。

“先不说美男子，您还有什么别的发现？”

记者问。

“发现了香烟。那些美男子看上去并没有喝醉，只是他们基本上都抽烟。香烟也不便宜吧？有钱买香烟，一张草席、一双木屐还能买不起吗？他们光着脚，直接躺在水泥地上抽着烟。人，不，现在的人，哪怕生活跌入了绝望的深渊，一贫如洗，也还是要抽烟，是吧。这不是与己无关的事，我也不是不会这么想。这似乎愈发增加了我落入地下通道的现实性。”

我走到上野公园前的广场。先前的四个少年沐浴在冬日正午的阳光下，他们玩得十分开心。我信步向少年们所在的方向走去。

“别停、别停。”

一位记者将照相机对准我高喊着，“咔嚓”按下快门。

“这次笑一笑！”

那位记者看着镜头，又高喊起来，少年中的一人，望着我。

“看到你的脸，我就想笑。”

他说着笑了起来，我也被他逗笑了。

天使在空中飞舞，遵从主的旨意，隐去双翅，犹如降落伞一般飘落在世界各个角落。我飘落在北国的雪地上，你飘落在南国的柑橘园里，这些少年们，飘落在上野公园，这是唯一的差别。少年们啊，无论今后你们长到多大，也一定不要介意容貌，不要抽烟，节日以外不要喝酒，并且，永久地爱一个有些腼腆、有些爱漂亮的女孩。

附　记

后来，记者送来了当时拍的照片。一张是和孩子会心一笑时的瞬间，还有一张是我蹲在流浪儿童跟前，我用手抓住一个流浪儿童的脚，摆了一个非常奇怪的姿势。倘若日后这张照片登上哪本杂志，我不敢保证不会招来误解——太宰治那家伙真会装腔作势，居然模仿起了《约翰福音》中的基督为门徒洗脚，令人作呕。因此，我想简单解释一下，我只是好奇光脚走路的孩子们脚底长成什么样，因此才做了那种姿势。

让我再附加一个笑话。我收到上述的两张照片后，拿给内子看。

"这是上野的流浪汉。"

我告诉她，内子一脸认真地说：

"哦，这就是流浪汉啊。"

她仔细打量照片。我忽然意识到妻子看照片时的视线位置，吃了一惊。

"你在瞎看什么，那是我呀。那不是你丈夫吗？流浪汉是另一个。"

内子性格过于刻板，是不会开玩笑的女人，她好像真的把照片中的我当成了流浪汉。

《日本小说》，昭和二十三年（1948）一月号

候鸟

外表佯装快乐，内心充满烦忧。

——但丁·阿利基埃里

深秋的夜晚，音乐会结束后，数不清的乌鸦从日比谷公会堂蜂拥而出，它们变换着各种队形，时而挤作一团，时而相互推搡，不一会朝着各自回家的归途，拍打着翅膀飞走了。

“这不是山名老师吗？”

一只乌鸦开口招呼道。他没有戴帽子，头发乱蓬蓬的，身上穿着夹克衫，这是一位身材瘦削的高个子青年。

“我就是……”

被招呼的乌鸦是中年人，身体发福的绅士。他并没有在意青年，快步向有乐町方向走去。

“你是？”

“我吗？”

青年把头发往上拢，笑着。

“我嘛，算是一介音乐发烧友吧……”

“有什么事吗？”

“我是您的粉丝，特别喜欢老师您写的音乐评论，您最近好像不怎么写了。”

“继续在写着呢。”

糟糕！青年在昏暗的夜色中撇了一下嘴。这位青年虽然是东京某大学的学生，可他既没有学生帽也没有学生服，只有一套夹克衫和春秋天穿的西服。父母似乎也不给他寄生活费，他帮人擦过皮鞋，也卖过彩票，这段时间，表面上是为出版社的编辑打下手，当然这也不完全是瞎编，不过他暗地里好像时常参与黑市交易，看上去手头比较宽裕。

“说到音乐，莫扎特一枝独秀吧。”

为了弥补刚才的失败，他想起了山名老师赞美莫扎特的小论文，于是自言自语般小心翼翼嘀咕了一句，向老师献殷勤。

“也不能一概而论。”

太好了！老师似乎有了些兴致。我敢打赌，这个老师藏在外套领子后面的脸一定在偷乐。

青年得意忘形起来。

“现代音乐的堕落，我觉得是从贝多芬开始的。我认为，所谓音乐与人的生活对决，这分明是歪门邪道。音乐的本质，说到底理应是生活的伴奏。时隔很久，今晚又一次聆听莫扎特的作品，我深深体会到，音乐就是这样的艺术……”

“我要在这儿坐车了。”

这里是有乐町车站。

“啊啊，是吗，那我告辞了，今晚能向老师请教，我太激动了。”

青年双手插在裤子口袋里，轻轻弯腰行礼与老师告别，随即右拐，迈开步子向银座方向走去。

听贝多芬就聊贝多芬，听莫扎特就聊莫扎特，聊他们中的哪一位无关紧要。老师上唇蓄着八字胡，这种蓄八字胡的趣味真是费解。嗯，那家伙原本就没什么趣味可言。嗯，不错，评论家这种生物很无趣，所以他们也不存在厌恶。恐怕我和他半斤八两。太讽刺了。可是，八字胡……听说留八字胡牙齿会变得坚硬，难道是为了咬人？皇室里的确有这样的人吧，身穿西服，脚踩木屐，蓄着漂亮的八字胡。不禁让人心生怜悯。他们的心思实在匪夷所思。难道他们想要表达蓄八字胡是与人生对决的感悟？他们熟睡时，那张脸大概很恐怖吧。我是不是也该尝试一下？蓄上了八字胡，或许还能悟出更多的道理。马克思的胡子是怎么回事？是什么样的结构？我觉得仿佛是在鼻子底下夹了一根玉米棒，不可思议。笛卡尔的八字胡，很像牛的口水，那就是所谓的怀疑论……呃？那人是谁？田边小姐，不错，就是她。她四十岁了。女人一旦过了四十……她们身上总是会揣着零钱，值得期待。她本来就打扮得年轻，看不出年龄，有戏了。

“田边小姐。”

青年在身后拍了一下对方的肩膀。哎呀！绿色的贝雷帽，搭配得太土气了，不如不戴。意识形态专家拒绝趣味啊。不过，也该考虑一下自己的年龄，年龄。

“您是哪位？”

她是近视眼？我要一声长叹了。

“我是蜡笔社的……”

不会要我自己说出名字吧。难道她有副鼻窦炎？

“啊，失敬，柳川先生。”

那是我的化名，我有真名，可是不告诉她。

“是的，之前承蒙您关照，多谢了。”

“不，不客气。”

“您去哪儿？”

“您呢？”

她颇有戒心地反问。

“我去听了场音乐会。”

“哦，是吗。”

她好像松了口气。就因为有这样的人，我才必须时常去听音乐会。

“我回家，去坐地铁。刚才报社里有点事……”

她能有什么事？撒谎。难道不是刚和男人约会结束吗？居然说是因为报社有事，说得真高尚。那些女社会主义者虚荣心真强，让人头疼。

“是去演讲吗？”

看，她脸都不红一下。

“不是，是工会的工作……”

工会的工作？老话说，工会的工作犹如无头苍蝇，让人筋疲力尽，欲哭无泪，它是忙忙碌碌的同义词。

我也有一小段这样的痛苦经历。

“每天很辛苦吧。”

“是啊，很累。”

她只能这么回答来自圆其说。

“不过，现在是民主革命的最佳时机。”

“是的，不错，是时机。”

“现在不抓住时机的话就永远实现不了民主。”

“不，我们不会绝望。”

马屁又拍到了马腿上，难度太大。

“我们去喝杯茶吧？”

我打算敲她竹杠。

“好。不过，今晚我就不奉陪了。”

真是让人占不到便宜的女人。不过，家有这种老婆，做丈夫的日子可能过得很轻松吧。她一定把家里打理得井井有条。并且，她风韵犹存。

说她是四十岁的女人，她就有四十，如果把她看成三十岁的话，她也就三十。倘若把她看成十六七岁的少女，那她就是十六七。贝多芬、莫扎特、山名老师、马克思、笛卡尔、皇族、田边女士。可是，我周围空无一人，只有风。

还是吃点什么吧，总觉得胃不太舒服。……听音乐会可能伤胃，控制打嗝带来的恶果。

“喂，柳川君！”

啊啊，好难听的名字，把川柳[1]倒过来了。还有柳川锅，真丢人。明天我要把笔名改了。可是，这人是谁？奇丑无比的男人。想起来了，他是来我们出版社送稿件的文学青年。遇到了这么无趣的家伙。他喝醉了。他打算敲我竹杠吗？就让我装作不认识他吧。

“请问，你是哪位？不好意思。”

弄不好真会被他敲一笔。

“我有一次去蜡笔社投稿，你说我东施效颦，模仿荷风，被你退稿了。不记得了吗？”

不是威胁我吧？我肯定没说过东施效颦这种话，我难道说了邯郸学步，不，鹦鹉学舌？总之，他的稿件我一页都没看过。那标题不行啊。我想想，什么标题，“某舞女的自白”，我倒尴尬得面红耳赤，居然有这种蠢货。

“我想起来了。”

我态度恭恭敬敬，毕竟对手是个白痴，万一被他殴打得不

1　日本的一种诗歌形式，与俳句相同，也由17个音节组成，按照5、7、5规则排列。

偿失。不过，他看上去身体虚弱，自己应该打得过他。可是，人不可貌相，小心驶得万年船。

“我把标题改了呀。”

我吃了一惊。他居然觉察到了这一点，看来也不完全是个白痴。

“是吗，那样会好一些吧。”

不感兴趣，不感兴趣。

“我改成了‘男女对决’。”

“男女对决……”

风马牛不相及。白痴。过犹不及啊。像只虱子一样的家伙，别靠近我，我怕脏。文学青年都是这德行，所以我不喜欢。

“挺畅销的呢。”

“啊？”

“挺畅销的，那部作品。”

简直是千载难逢的奇迹，这就是一颗新星的冉冉升起吗？我的心情变得糟糕起来。长着一张丑八怪的脸，说不定是个出人意料的天才。我不禁毛骨悚然。他一定是在吓唬我。就因为这样，我才觉得文学青年很难对付。我姑且奉承几句。

“这标题起得很有意思。”

“嗯，符合时代的潮流。”

我想给他脸上来一拳，这畜生，别得意忘形。敬畏神灵吧。我要和你绝交。

“我今天收到稿费了，而且是一大笔稿费，我大吃一惊。我刚才已经在好几个地方喝过了，还剩下一大半。”

那是因为你喝得抠抠索索啊。讨厌的家伙，手里有钱就了不起啊。我料你就剩下三千块钱，没错吧？等等，这家伙一定在洗手间偷偷数过钱，要不然他不可能那么确信还剩下一大半。数过钱，他数过钱了。不是常有这样的人吗？不是躲在洗手间里，就是靠在小胡同里的电线杆上，一边喝得醉醺醺地一张张清点剩下的钱，一边有气无力地嘟囔：抬头望望飞在恼人空中的小鸟吧。真是可怜的人儿。事实上，我记得自己也这么做过。

“今晚我打算把剩下的钱全部花光，你能陪我吗？你有熟悉的酒馆吗？请带我去吧。”

失敬，我对他刮目相看。不过，这家伙身上真的有钱吗？各付各的就不愉快了。让我问问他，确认一下。

“有倒是有，可那地方有些贵。我要带你去了，事后你会恨我……”

“没问题，三千块够了吧？我把钱交给你，今晚我们两个一起花完吧。”

“不，那不行。保管你的钱，我会觉得责任重大，喝不尽兴。”

这家伙人虽然长得丑，倒是能说会道。不愧是写小说的男人，有爽快的地方，气质豪放。听莫扎特就聊莫扎特，见了文学青年就聊文学，一切是那么顺理成章，颇有些不可思议。

“那好，今晚就让我们好好聊一聊文学怎么样？我以前对你的作品就很有好感，只是我们的总编太保守了。”

我决定带他去竹田屋。我在那家店里还有一千块钱的赊账，也让他替我还了。

“是这儿吗？”

“嗯，是有些脏，我喜欢在这种地方喝酒，你怎么样？”

“不坏呀。”

“哈哈，我们趣味相投。让我们喝一杯。干杯。趣味这东西很难说得清，讨厌一千种东西之后才能生出一种趣味。没有趣味的家伙也不会厌恶什么。让我们喝酒，干杯。今晚让我们聊个痛快。没想到你很内向。别不说话，我最怕别人不说话，沉默是我们最大的敌人。像我这样喋喋不休，是了不起的自我牺牲，堪称是对人类最大的奉献之一，不是吗？而且，是没有任何回报的奉献。同时，我们还必须爱敌人。我热爱让我充满活力的人。我们的敌人总是让我们充满活力。喝酒。愚蠢的人才相信开玩笑就是品行不端。他们好像还觉得打趣不是正经回答。他们总是无端要求别人态度要坦率。可是，所谓坦率，等同于自以为是的处事方式，忽视别人的感受。所以，神经过于敏感的人，能够体谅别人的痛苦，他无法轻易做到对人坦率。坦率等同于暴力啊，所以我不喜欢那些资深的老作家。只是他们手段毒辣。他们说：‘狼不该吃羊，那是不道德的，让人深感不快。因为我才是那只应该吃羊的狼。’他们是一群能随口说出粗暴言论的人。直觉根本靠不住，缺乏智慧的直觉只能让人翻船，偶尔可以歪打正着。来，喝酒。干杯。让我们聊聊。我们真正的敌人是沉默。怎么回事，我越说越觉得不安，好像有人在拽我的衣袖，就想轻轻回头看一眼。我果然没有出息。最伟大的人，是对自己的判断力充满自信的人。最愚蠢的家伙是不是也一样。好了，今天不说人坏话了。我也没什么高雅的品味。说人坏话的人，本身也都有那些围观群众身上的鄙俗的根性。我们还是喝酒，聊聊文学吧。文学论很有意思吧。遇见新作家和新作家聊，遇见老作家和老作家聊，顺其自然，非常有意思。让我们来思考这个问题。你现在起要以一个新作家的身份出道，你究竟应该怎么做才能吸引三百万读者成为你的拥趸？这是个难题。但是你不用绝望。这件事，你听我说，远比刻意让特定的一百个以外的读者不喜欢你轻松得多。被几百万读者喜欢的作家，往往也对自己十分满意，只有少数人喜欢的作家，他们几乎也都不满意自己。这是很残忍的。幸好，你好像很满意自己的作品，所以你有望成为拥有三百万读者的流行大作家。不用绝望。用现在的流行语来说，你前途无量。来，喝酒，干杯。大作家，你希望一个读者把你的作品读上一千遍，还是十万个读者每人读一遍你的作品？如果我这么问的话，那些文人墨客一定会滴溜溜地转着眼珠子回答，希望被十万个读者读一千遍。行动起来吧，放手一搏，你前途无量。哪怕是对荷风东施效颦又有什么关系。所谓的独创性，和胃的问题大同小异，食入别人的养分，究竟能不能消化，如果拉出来的粪便还是原物，那就是东施效颦。只要消化了，就不成问题。自古以来不存在独创文人的先例。真正称得上独创这一称呼的，全都是无名之辈，你也无从知晓。所以，尽管放心，你大有可为。不过，我们偶尔会遇见脸上写着‘我才是独树一帜的作家’几个字四处炫耀的人，那些只是蠢材，不用害怕。啊啊，我要长叹一声了，你真的前途无量啊，前面就是宽广大道。对了，下次的小说起个‘宽广之门’的标题怎么样？门这个字，的确有时代感。不好意思，我要去吐一下。好了，嗯，已经好了。这个酒不太行啊。啊，舒服多了。我刚才实在忍不住想吐。边夸别人边喝酒就会喝醉。言归正传，那个瓦雷里，啊，我终于说出来了，我被你的沉默打败了。我今晚在这里说的话，几乎都是瓦雷里的文学论，根本不是我的独创。我的胃不舒服，所以消化不良，把固体食物吐了出来。如果你愿意听的话，我还可以说得更多，不过，我还是把这本瓦雷里的书给你吧，我也就省了麻烦。这是刚才在旧书店里买的，刚在电车上读过，都是才吸收的新鲜知识，还记在脑子里呢，明天一大早也就全忘了。读瓦雷里就聊瓦雷里，读蒙田就聊蒙田，读帕斯卡就聊帕斯卡。自杀的权力只交给完美幸福的人，这也是瓦雷里说的。说得有道理吧。我们连自杀的权力都没有。这本书送给你。喂，老板娘，结账。全部结了。是全部。那好，我失陪了。'像鸟儿那么轻盈，而不是羽毛'，这本书上写着的。怎么做才好呢？"

免冠蓬发、身着夹克衫的消瘦青年，转眼如水鸟一般飞走了。

《群像》，昭和二十三年（1948）四月号

樱桃

我要向山举目。

——诗篇第121篇

我想说，父母比孩子重要。哪怕我内心赞赏老派道学家们的主张，一切为了孩子，可我依然觉得，比起孩子，父母才是弱势的一方。至少在我家里是这样。虽然我从未无耻地打过如意算盘——当自己步入垂垂暮年后依附孩子，靠他们抚养。可是在这个家庭里，我身为父亲，却总是在看孩子们的脸色行事。说到孩子，实际上我家的孩子年纪尚幼。长女七岁、长子四岁、次女一岁。即便如此，他们已经开始压垮父母，家里呈现的状态，父母俨然是孩子们的男仆和女仆。

夏天，全家聚在三张榻榻米的房间，在热闹且混乱不堪的氛围中共进晚餐，父亲用毛巾不停擦着脸上的汗。

“《徘风柳多留》中有一句川柳这么写：‘吃饭淌大汗，实为不雅观。’孩子们闹成这样，气质再高雅的父亲，也要汗流浃背了。”

我喃喃自语地表达不满。

母亲边给一岁的次女喂奶，边照料丈夫和长女、长子吃饭，为孩子们擦掉或捡起掉在榻榻米上的饭粒儿，帮他们擤鼻涕，她仿佛有三头六臂，忙得不可开交。

“爸爸好像鼻子上出了很多汗呢，老是在擦鼻子。”

父亲苦笑道：

“那你呢，你哪里出汗？大腿内侧？”

“爸爸说话真文雅。”

“不，我说的是医学问题，没什么文雅不文雅的。”

“我嘛……”

母亲的表情变得有些严肃：

“这里，乳房和乳房之间……流泪谷……”

流泪谷。

父亲默不作声地继续吃饭。

我在家常开玩笑。正因为“心中不胜烦忧”，所以必须“外表装得快乐”。不，不仅在家里，我在待人接物时，无论内心多么煎熬，肉体多么痛苦，都会竭尽全力营造快乐气氛。每当送走客人，我疲惫得步履蹒跚，便开始思考金钱、道德、自杀等问题。不，这不仅是我和他人交往时才有的状态，我在写小说时也会陷入这种状态。悲伤的时候，我反而会努力创作轻松愉快的小说。这固然出自我为社会奉献快乐的意愿，但人们却并没有理解这一点，他们颇为随意地嘲笑我：太宰这个作家，最近也非常轻浮，只靠插科打诨博取读者的眼球。

我想奉献社会，难道错了吗？装腔作势、不苟言笑，这就是善举吗？

换言之，我无法忍受不知变通、了无情趣、过分拘谨的氛围。即便在自己家里，我也在不停地开玩笑，带着如履薄冰的心情开玩笑。我辜负了一部分读者和评论家的想象，我家里的榻榻米是崭新的，书桌上收拾得干净整洁，夫妻关系和睦、相敬如宾，我当然从未对妻子施加过暴力，甚至没有发生过一次激烈争吵，说出“你给我滚”“我要离家出走”这种话。父母竞相疼爱孩子，孩子承欢父母膝下。

然而，这一切不过是表面现象。母亲打开衣襟是流泪谷，父亲盗汗也日趋严重，夫妻深谙对方的痛苦，彼此尽力不去触碰，父亲每每一开玩笑，母亲便回之以微笑。

但是，那天母亲说到流泪谷时，父亲沉默了，想开个玩笑转移话题，竟一时找不到合适的措辞，沉默持续了片刻后，气氛变得愈发凝重，平时“老于世故”的父亲，终于露出一脸严肃的表情：

“去雇个人吧。我仔细想过了，不雇个人不行。”

父亲战战兢兢嘟哝道，仿佛自言自语，唯恐惹母亲不快。

家里有三个孩子，父亲对家务事一无所能，甚至不会自己动手叠被，每天只会开一些不着边际的玩笑。食物配给、人口登记这些事一概不知，在家宛如住旅店，忙于送往迎来，有时携带便当去工作室，一周不回家的事也时有发生。嘴上嚷着忙于工作，一天似乎也就只能写满两三页纸。剩下的时间就是喝酒。由于饮酒过量，身体急剧消瘦，卧床不起，而且，似乎到处都有年轻貌美的女朋友。

说到孩子，七岁的长女，还有今年春天出生的次女，虽然都是较易感冒的体质，姑且和普通孩子无大差别。可是，四岁的长子瘦骨嶙峋，至今不会站立，亦不会开口，只会发出咿咿呀呀的音节，且听不懂别人说的话。他只会爬行，无法教他大小便。饭量着实不小，然则始终形销骨立，头发也稀疏不堪，完全不见成长的迹象。

父母都竭力回避谈论长子的事情。这是因为，哪怕从一方的嘴里吐出傻子、哑巴……这样的字眼，两人同时默认也未免过于残忍。母亲时常紧紧抱住这个孩子，父亲屡屡生出怀抱孩子投河自尽的冲动。

“聋哑人次子惨遭杀害。× 日正午刚过，居住在 × 区 × 町 × 番地 × 商的某某（五十三岁），在自宅六张榻榻米房间使用斧子猛击某某（十八岁）头部将其杀害，随后将剪刀刺入喉管，自杀未遂，被送往附近医院，生命垂危。该家庭最近为次女某某（二十二岁）招赘女婿，次子不仅聋哑而且大脑痴呆，父亲由于爱女心切，故做出上述举动。”

诸如此类的新闻报道也能让我喝起闷酒。

啊啊，长子倘若只是因为发育迟缓该有多好！如果这位长子忽然长大，生气地嘲笑父母担心自己该有多好！夫妇两人从未向亲戚和朋友吐露此事，只是在心中默默祈祷，表面上装得若无其事，嬉皮笑脸地逗长子玩耍。

母亲不遗余力地生活，父亲也在拼命工作。我原本就不是高产的小说家，且极其胆小如鼠。迫不得已被人拽到了公众面前，我才张皇失措地开始了写作生涯。创作令我痛苦，因此我从喝闷酒中寻求救赎。喝闷酒，乃思想无从表达，惴惴不安、坐卧不宁之人饮酒之谓也。任何时候都能清晰表达自己思想的人，不需要喝闷酒。（女人很少酗酒，也是出于这一理由。）

我与人争执，从未有过获胜的先例。我必输无疑。我在对手强大的信念和可怕的自我肯定中倒下。于是我缄口不语。然而，经过不断思考，我逐渐确信那只是对手自以为是的结果，错不全在我。可是一想到刚在一场口水战中败下阵来，又要重启喋喋不休的战斗，不免黯然神伤，况且口头争执和动手互殴对我而言毫无二致，只会留下永久的不快和仇恨，因此，我虽然内心为愤怒而颤抖，却面带微笑，沉默不语，万千思绪掠过脑海，最终选择了喝闷酒这条路。

我还是实言相告。絮絮叨叨兜了一大圈子，实际上，这部小说写的是夫妻争吵的故事。

“流泪谷——”

这是导火索。正如我前面提到的那样，这对夫妻当然没有动过手，甚至从未彼此恶语相向，堪称是颇有涵养的佳偶。正因为如此，他们也对有可能一触即发的危险深怀恐惧。这里既有彼此暗地坐实对方犯错证据的危险，也有如同坐在麻将台上打牌面临的那种危险——摸一张看一眼扣上，再摸一张看一眼扣上，忽然，冷不防地“和了”，一副大牌呼啦摊在对方面前。也不是不能说，就是这种危险的存在，加深了夫妻间相敬如宾的关系。且不说妻子，丈夫就是那种越拍身上灰越大的男人。

“流泪谷——”

妻子这么一说，丈夫内心分外不痛快。可是他不喜欢吵架，于是沉默。想必你多少有些想挖苦我，所以说了这句话，可是，哭泣的不只是你一个，我对孩子的满腹牵挂并不输于你。我把自己的家庭放在第一位。夜里只要孩子咳一声，我一定会醒来，担心得无法入眠。我非常想再过一段时间，搬进好一点的住房，让你和孩子们高兴，可是，我实在是捉襟见肘。现在的状况，我也已经是尽力而为了。我也不是凶残的魔鬼，我没有对妻子儿女坐视不管的“气度”。配给和登记之事，我不是不了解，而是没有时间过问……父亲心中这么喃喃自语，可是就连说出口的自信也没有，并且还觉得一旦说出口，被孩子的母亲反驳回来，自己连大气都不敢出。

“去雇个人吧。”

我自言自语似的吐露了这么一句。

母亲也是一个少言寡语的人。但是，她只要开口就非常冷静且自信（不限于这位母亲，女人基本上都有这方面的特征）。

“可是没有人愿意来呀。”

“找一下的话，肯定会有人来的。不是没有人来，是没有待得住的人吧？”

“您是说我不会好好差使人？”

“不是……”

父亲又沉默下来。事实上我就是这么想的，但是，我不说。

啊，能雇个人来就好了。母亲一旦背着最小的孩子外出办事，父亲就必须照看另外两个孩子。加上每天的来客，铁定不下十个。

“我想去一下工作室。”

“现在去？”

“嗯。有一篇稿子今晚必须完成。”

这不是撒谎。不过，也有逃离家中凝重气氛的想法。

“今晚我本来想去妹妹家里。”

我也知道此事，妻子的妹妹病重。可是，妻子一去，我就只能待在家里守着孩子。

“所以我说雇个人……”

话至一半，我戛然而止。只要稍一触及妻子亲戚家的事，两人的心情就会变得沉重起来。

活着，真是辛苦之事。来自四面八方的锁链缠住你的身体，稍一挣扎，便血喷如注。

我默默起身，从六张榻榻米房间的写字台抽屉里取出装有稿费的信封，塞进袖兜，用黑色包袱皮裹好稿纸和词典，煞有介事地轻手轻脚走出家门。

已经无心工作，脑子里转的尽是自杀的念头。我径直向酒馆走去。

“欢迎光临。”

“我要喝一杯。今天又穿那么漂亮的条纹和服啊……”

“是不是很不错？我想着这是你喜欢的条纹。”

“今天和老婆吵架了，心情郁闷着呢。我要痛快喝一杯。今晚住下了，坚决住下。”

我想说父母比孩子重要，和孩子相比，父母才是弱势的。

樱桃端上来了。

在我们家里，不会给孩子们吃奢侈的食物。孩子们可能从未见过樱桃。如果让他们尝一口，他们想必会欣喜若狂吧。父亲带着樱桃回家，他们想必会欣喜若狂吧。倘若用绳子把根茎串起来挂在脖子上，樱桃看上去就像用珊瑚做的项链吧。

然而，父亲带着极其嫌弃的表情，吃着大盘子里装满的樱桃，吃一颗樱桃吐一粒核，吃一颗樱桃吐一粒核，心里虚张声势地念叨着一句话：父母比孩子更重要。

《世界》，昭和二十三年（1948）五月号

Goodbye

变心（一）

文坛某位大佬死了，他的告别仪式结束前开始下起雨来。这是一场初春的雨。

回家途中，两个男人合打一把伞走在路上。两人都是出于人情来参加死去大佬的告别仪式，他们谈的都是有关女人的极其轻浮的话题。身着绣有家徽的和服的高个子中年男人是作家；比他年轻不少，戴着劳埃德眼镜，身穿条纹裤，相貌英俊的男人是编辑。

“那家伙，”作家说，“好像特别爱玩女人。你小子也差不多被掏空了吧，看你憔悴的样子。”

“我打算全都做个了断。”

编辑答道，脸上泛起了红晕。

这位作家平时说话口无遮拦，爱爆粗口，温文尔雅的编辑很久以来都对他敬而远之，可是自己今天没带雨伞，只好钻到作家的雨伞底下，结果被他指责。

全都做个了断。不过，他也不完全是在撒谎。

总觉得什么都变了。战争结束了三年，好像一切都发生了变化。

他三十四岁，是杂志《方尖塔》的主编，名字叫田岛周二，他的口音似乎夹杂着关西腔，可他从未提起过自己的出生地。他本质上是个处世精明的男人，《方尖塔》主编的工作是他面对社会的一张脸，实际上他在为黑市交易充当掮客，每次都能赚不少钱。但是，正如俗话所说的那样，不义之财存不住，据说他嗜酒如命，并养了差不多十个情妇。

可是，田岛并非独身。他不仅不是独身，现在的妻子还是他的后妻。前妻因患肺炎过世后留下了一个痴呆女儿，之后，他卖了东京的房子，疏散到埼玉县的朋友家，在那里遇见现在的妻子，并和她结了婚。现在的妻子当然是头婚，娘家是家境优渥的农民。

战争结束后，他把妻子和女儿留在妻子的娘家，只身一人来到东京，在郊外的公寓里租了一个房间，那也只是用来睡觉，他凭着自己的精明才干四处活动，赚得盆满钵满。

三年后，田岛忽然性情大变。或许是因为社会发生了微妙的变化，或许是因为平时不加节制的生活，最近他的身体急剧消瘦下来，不、不，或许只是单纯“年龄”的关系，使他明白了色即是空的道理，酒精也变得索然无味。他想买一栋小楼，把老婆孩子从农村接到城里……这种类似于乡愁的情绪冷不防从心头掠过的情况也变得多起来了。

到了这种程度，他决定洗心革面，从黑市交易中收手，专注于杂志编辑的工作。关于这一点……

关于这一点，眼前的一个棘手问题是，首先，必须和那些女人们和平分手。每当想到这里，精明过人的田岛也难免一筹莫展，长吁短叹。

“打算全都做个了断……”高个子作家歪着嘴苦笑了起来。“想法不错。不过，你究竟有几个女人？”

变心（二）

田岛哭丧着脸。他越想越觉得终究无法以一己之力妥善处理这件事。如果能用钱摆平，当然是最理想不过的，可是，女人们想必不会轻易善罢甘休。

“现在回想起来，我觉得自己简直是疯了。招惹的女人太多，荒唐透顶……”

田岛把自己的事情对身边的这位中年不良作家和盘托出。他忽然冒出一个念头，也许能和他商量一下。

“没想到从你嘴里还能说出这么感人的话。越是多情的家伙反倒越害怕那些可恶至极的道德，这算不算也是你吸引女人的地方？男友力十足，多金又年轻，而且道德高尚，人还温柔，女人们趋之若鹜，那是理所当然的。就算你想了断，对方也不会同意啊。”

“我就是为这事犯愁。”

田岛用手帕擦了擦脸。

“你不会在哭吧?”

“不是，雨水打湿了眼镜……”

“不对，你的声音带着哭腔。也太性感了吧。”

为黑市交易当掮客，谈不上道德高尚，不过，正如这位作家所说，田岛这个男人，虽然朝秦暮楚，但他对女人颇有讲究道义的一面，故而女人们看上去都毫不担心，对田岛依赖很深。

“没有什么好办法吗?”

“没有。你去国外待上五六年再回来吧，不过，现在出国不是那么容易的。干脆，你把那些女人召集到一个房间里，让她们合唱《萤之光》[1],不,还是唱《敬仰师恩》[2],你为她们一一颁发毕业证书，随后装疯卖傻，一丝不挂地跑上大街，逃走。这么一来，大功告成。女人们吓得目瞪口呆，只好死心。”

简直是个馊主意。

“我告辞了。我，要在这里坐电车……”

“等等，不着急，走到下一个车站吧。不管怎么说这对你

1　苏格兰民谣的日文版，由稻垣千颖填词。——编注

2　发表于1884年，歌词表达了毕业生感谢尊师，回顾校园生活的心情，主要传唱于明治至昭和时期的毕业典礼。——编注

也是个大问题呀。我们两个一起来研究一下对策吧。”

这天，作家看上去无所事事，缠着田岛不放他走。

“不用了，我一个人会想办法……”

“不行，不行，你一个人解决不了。你不会想去寻死吧？我真的替你担心起来了。被女人爱上，去寻死，这不是悲剧，是喜剧。不对，是闹剧。太滑稽了吧，没有人会同情你。我劝你放弃寻死的念头。对了，我有个好主意。你去什么地方找个绝色美女，把你的事情告诉她，让她假扮你老婆，你带她一个个去见那些女人，立马就会奏效。女人们都会听话地退出。怎么样，不试试吗？”

仿佛掉到河里的人见到一根稻草，田岛有些心动。

行动（一）

田岛有心一试。但是，眼前还有一个难题。

需要一位绝色的美女。如果是相貌奇丑的女人，走一站路的距离可以发现三十个左右，美若天仙的女人，是不是存在于传说以外的现实中，令人怀疑。

田岛自以为风流倜傥、一表人才，有极强的虚荣心，他声称和不是美女的人走在一起会突如其来地肚子痛，所以尽量回避。他身边的那些情妇们，个个堪称美女，但好像也谈不上是绝色美女。

那个下雨天，田岛被不良中年作家信口开河地传授了“秘诀”，虽然内心觉得不靠谱，也试着反驳了，可是自己也实在想不出其他好办法。

先试试吧，田岛想。说不定在人生的某个角落里藏着一个那样的绝色美女。他镜片后面的眼珠，开始滴溜溜地转动。

舞厅、咖啡馆、候车室，没有，没有，除了绝色丑女。办公室、百货公司、工厂、电影院、脱衣舞厅，不可能有。他躲在围墙外猥琐地窥视女子大学校园，赶往名为××小姐的选美现场，声称参观混入电影新秀的选拔现场，他四处寻觅，一个也没遇到。

俗话说，猎物往往出现在猎人的归途中。

田岛几近绝望。黄昏时分，他带着满脸愁容走在新宿车站背后的黑市胡同里。他也不想去见那些情妇们。一想到她们，他就心跳加速。必须和她们分手。

“田岛先生！”

冷不丁地背后有人喊自己的名字，田岛吓得差点跳起来。

“请问，您是哪位？”

“哎呀，真讨厌。”

对方声音嘶哑，像公鸭嗓。

“呃？”

田岛定睛辨认，原来是自己没认出来。

田岛认识这个女人，她是干黑市买卖的，准确地说，是私下倒卖食品的商贩。田岛只和这个女人做过两三次黑市交易，不过，田岛还是因为她的公鸭嗓，还有她惊人的臂力记住了她。她看上去体格单薄，但能轻易扛起十贯[1]重的物品。她浑身散发着鱼腥味，衣服沾满泥土，一身劳动装和长筒胶鞋，难以分辨是男是女，看上去几乎就是个要饭的，衣冠楚楚的田岛和这个女人做完交易后，必须第一时间洗手。

好一个花容月貌的灰姑娘，她身上的洋装也品味高雅。她身材苗条，手脚小巧玲珑。二十三四岁，不，二十五六岁的模样，面容中暗含愁绪，泛着梨花一枝春带雨般的清幽，正是气质高贵的绝色美女，难以相信她居然就是那个轻松扛起十贯重量的女商贩。

她声音嘶哑，是因为受过伤，只要保持沉默便不成问题。

不妨借她一用。

行动（二）

所谓人靠衣装马靠鞍，尤其是女人，只要稍加打扮，足以让她们判若云泥。或许她们本来就是妖魔。但是，如这个女人（她自称永井绢子）一样，能变化到这种程度的女人也实属罕见。

1　贯：日本江户时代以前的重量单位，明治时期1贯约为3.75千克。——编注

“看样子你赚到大钱了，打扮得真阔绰。”

“哎呀，讨厌。”

她的声音果然嘶哑，高贵的感觉顿时烟消云散。

“我有件事想请你帮忙。”

“你太小气了，杀价太狠……”

“不，不是生意上的事。我差不多收手了。你还在做倒卖生意？”

“废话。不倒卖吃个屁啊。”

从她嘴里吐出来的每一句话都很低俗。

“你这身打扮看不出来呀。”

“我也是女人啊。偶尔也会想收拾一下去看电影什么的。”

“今天看电影？”

“是啊。已经看完了。那叫什么片子来着，《徒手旅行》……”

“是《徒步旅行》吧。你一个人来的？”

“哎呀，讨厌。你们男人真可笑。”

“就知道你一个人，所以有件事拜托。一个小时，不，三十分钟就够了，借你的脸一用。”

“有好处？”

“不会让你吃亏。”

两人并排走着，迎面擦肩而过的人十有八九回头，他们不是看田岛，而是看绢子。就连仪表堂堂的田岛也被绢子的高贵气质压了一头，看上去土不拉几，相貌平平。

田岛带绢子走进一家熟悉的地下餐馆。

“这里有什么看家菜吗？”

“有啊，炸猪排好像是看家菜。”

“那我不客气了。肚子饿了。还有什么好吃的？”

“什么都有，你究竟想吃什么？”

“这里的看家菜。除了炸猪排没有别的吗？”

“这里的炸猪排很大一块。”

“真小气。我不相信你，我去厨房问问。”

这女人力大无比，且饭量惊人，但她确实是一个绝色大美女，不能让她跑了。

田岛喝着威士忌，克制着满腔怒气，边看着绢子若无其事地大快朵颐，边告诉她自己要她帮忙的事。绢子一味地吃着东西，也不知她是不是在听，看上去对田岛的故事不感兴趣。

“你会帮忙的吧？”

“蠢死了，你。太没用了。”

行动（三）

田岛面对绢子出人意料的锋芒十分垂头丧气。

“说的是啊，我真的没用，所以才请你帮忙。我已经束手无策啦。”

“用不着那么麻烦，不想交往了，不再见面不就行了吗？”

“这么蛮不讲理的事我做不出来。她们这些人，今后说不定还要结婚，还要找新的情人。让她们自己做决定，这才是男人的担当呀。”

“噗！狗屁担当。不是嘴上说分手，还想藕断丝连吧？真是一副下流的嘴脸。”

“饶了我吧，别说得那么不中听，我要生气了。说难听话也得有个限度啊。不是吃别人的嘴软吗？”

“他们有板栗团子吗？”

“你还想吃？你不会是胃扩张吧？那是病。你还是去找医生看一下吧。刚才你就不停在吃，吃了不少啦，该歇歇啦。”

“你真小气。女人吃这么多很正常呀。说自己吃饱了的千金小姐，那只是装得娇滴滴卖弄风骚罢了。我有多少都能吃下去。”

“哎呀，你也吃饱了吧。这家餐馆不便宜的。你平时都吃这么多吗？”

“开什么玩笑，别人请客的时候才吃这么多啊。”

“那好。往后你想吃多少都行，你先答应帮我忙。”

“那我的工作不是也要放下了吗？我亏大了。”

“这方面我会另外付钱给你的。你生意上的事，你该挣多少，我会一文不差地支付你那段时间里的损失。”

“我只要跟着你走就行了吗？”

“差不多吧。不过，我有两个条件。不要在那些不认识的女人面前说任何话。拜托你了。至多笑一笑，点点头，摇摇头。还有一个，不在别人面前吃东西。只有我们两个在一起的时候，你吃多少都可以。在别人面前至多喝杯茶。”

“你还会另外付我钱吧？你很小气，会骗我的。”

“不用担心，我现在也焦头烂额。这次搞砸了，我也完了。”

“也就是说，你这是腹水一战。”

“腹水一战？笨蛋，这叫背水一战。”

“呃，是吗？”

绢子一脸若无其事的表情，田岛愈发生气。不过，绢子的确漂亮。风姿绰约，气质高贵得不像这个世界里的人。

炸猪排、鸡肉可乐饼、金枪鱼刺身、墨鱼刺身、中国面、鳗鱼、什锦火锅、牛肉烤串、寿司拼盘、虾仁沙拉、草莓牛奶。

她居然还要了板栗团子。难道女人都这么能吃？不，还是只有她？

行动（四）

绢子住的公寓在世田谷一带，她说通常上午做生意，下午两点以后基本上就闲下来了。于是，田岛和绢子约定行动方案，每周在两人都有空的时间电话联系一次，在什么地方见面后，一起去找田岛打算分手的女人。

几天后，两人开始行动，前往位于日本桥的某百货公司内的美容院。

风度翩翩的田岛，前年冬天偶尔顺路走进这家美容院烫发。这家店的美发师是青木小姐，三十岁前后，是所谓的战争遗孀。田岛并没有勾引这个女人，反而是女人主动追求田岛的。青木小姐每天从位于筑地的百货公司宿舍往返日本桥的美容院，收入刚够一个单身女人过日子，因此，田岛开始资助她生活费，现在，两人的关系已经在筑地的宿舍公开了。

但是，田岛很少来青木小姐工作的日本桥的美容院。田岛考虑的是，自己这样的英俊男子频繁出没想必会影响她的工作。

不过，今天田岛带着绝色美女突然出现在青木工作的美容院里。

“下午好，”田岛连打招呼的声音都显得十分冷淡，“今天我把内子带来了。我刚把她从疏散地的老家接回来。”

这两句话就足够了。青木小姐也长得眉清目秀，皮肤白净细嫩，看上去聪明伶俐，堪称无与伦比的大美女，可是，当她和绢子站在一起时，犹如军用草鞋和水晶鞋放在一起，立见高下。

两位美女沉默着相互用眼神打了招呼。青木小姐已经自卑地露出了快要哭出来的表情，胜负显而易见。

正如前面提到的，田岛在对待女人这件事上有他讲究道义的一面，他从来没有欺骗过女人自己是单身。他一开始就告诉她们，自己把妻女疏散到了农村老家。现在妻子终于回到了丈夫身边。而且，这位太太，年轻、高贵，有良好的教养，是绝世的美人。

青木小姐除了一脸愁容，束手无策。

“请为内子打理一下头发，”田岛伺机出击，要给对方致命一击，“别人说不管在银座还是什么地方，你的手艺无人能比。”

这话未必是奉承，青木的确是手艺一流的美发师。

绢子在镜子前坐下。

青木为绢子披上白披巾，开始为绢子梳头发，她的眼眶里噙满泪水。

绢子一脸安之若素的表情。

田岛走出了店门。

行动（五）

全套美发结束时，田岛又轻手轻脚走进了美容院，他将约莫一寸厚的纸币塞进美发师的白色上衣口袋，他几乎用央求的语气低声说：

“再见。”

他自己也觉得意外，声音里带着温柔的哭腔，既像安慰，又像道歉。

绢子沉默地站了起来，青木小姐也一言不发，她为绢子整理裙子。田岛率先一步飞快走出门外。

啊啊，分手好痛苦。

绢子面无表情地跟了出来。

“没觉得好到哪儿去嘛。”

“你说什么？”

“烫发。”

蠢货！田岛想对绢子怒吼，但是，这里是百货公司，他只好克制住情绪。青木这个女人，从不说别人坏话，也不贪财，还常常为自己洗衣服。

“这样就……结束了？”

“嗯。”

田岛此刻只是内心倍感空虚。

“为这点事就分手，那丫头也是个窝囊废。我说，她不也算得上是个美女吗，就那么点本事……”

“住嘴！别叫她丫头，你太粗鲁了。她是个好女人，和你这种人不一样。总之，你给我住嘴。听到你的公鸭嗓，我快疯了。”

“哎呀呀，吓得我屁滚尿流。”

啊啊，多么低俗的调侃，田岛觉得自己简直要神经错乱了。

田岛有一种奇怪的虚荣心，和女人在一起时，他会把钱包事先交给女人，让女人结账，自己装得财大气粗，花多少钱都满不在乎。不过，从来没有哪个女人毫无节制花他的钱购物。

可是，眼下这个屁滚尿流的女士，却轻而易举地做到了。百货公司里，贵重商品琳琅满目，绢子毫不犹豫地挑选那些所谓的奢侈品，而且尽是雅致得不可思议、品味上乘的物品。

“你能不能适可而止？”

“真小气。”

“你不是还要去吃东西吗？”

“对了，我今天忍一忍。”

“把钱包还给我。现在开始，不能超过五千日元。”

现在不是虚荣心作怪的时候。

“没花多少钱。”

“不，花了。一会儿我查一下余额就知道了。肯定超过一万日元了。前几天的那顿饭也不便宜。”

“你这么说的话咱们就收手吧，你看怎么样？我也不是自己乐意跟着你跑东跑西。”

绢子的话近似威胁。

田岛只有叹气。

大力神（一）

田岛原本也不是善茬，据说他在帮人做黑市交易时，一锤子买卖就能轻松赚到几十万日元，称得上精明过人。

被绢子花去一大笔钱，依田岛的性格，绝不可能忍气吞声，佯装自己拥有宽宏大量的美德。不从绢子身上捞回自己的损失，他咽不下这口气。

那个畜生！不知天高地厚，我让你走着瞧。

与女人的分手计划暂且搁置。当务之急，必须彻底征服绢子，让她变成一个彬彬有礼、顺从、俭朴、饭量小的女人，然后再继续实施分手计划。照现在这么下去，钱花了，计划却无法进行。

取胜的秘诀在于，不让敌方靠近，必须主动出击。

田岛在电话簿上查到绢子公寓的地址，买了一瓶威士忌和两袋花生米。他计划等肚子饿了让绢子请自己吃饭，两人干掉这瓶威士忌，随后自己假装酩酊大醉，躺倒后就任凭自己处置了。首先，这是一桩最划算的买卖，连房费都不需要。

在女人面前一贯自信心爆棚的田岛，居然脑子里冒出了如此寡廉鲜耻、不择手段的策略，可见他的精神状态已经混乱到何等程度。也许被绢子坑了一大笔钱使他发狂。人不仅应该克制色欲，倘若心术不正，一味贪财，急于翻本，似乎也不会带来好结果。

田岛痛恨绢子，制订了几乎毫无人性的卑鄙下流的计划，最终，自己却遭遇了一场几乎丧命的大难。

傍晚，田岛找到位于世田谷的绢子的公寓，那是一栋破旧且阴森森的木质结构的两层楼建筑。绢子的房间就在楼梯口的走廊尽头。

田岛敲门。

“是谁？”

屋子里传出公鸭嗓的声音。

门打开后，田岛大吃一惊，他愣在那里。

杂乱无章，恶臭扑鼻。

啊啊，凄凉。四张半席子的榻榻米房间，榻榻米表面黝黑发亮，似海浪般高低不平，甚至看不出四周的镶边。屋子里堆满了物品，看上去都是绢子做买卖用的工具，汽油罐、装苹果的纸箱、一升容量的瓶子，还有布包裹、貌似鸟笼的盒子、废纸等等，几乎没有插足的地方，地面黏糊糊的样子，一片狼藉。

“原来是你啊。你怎么来啦？”

绢子身上的穿着又回到了几年前田岛见到她时的乞丐模样，沾满脏兮兮泥土的劳动装，分不清是男是女。

房间的墙上贴着合作信贷公司的广告，仅此一张，没有其他任何装饰，也没有窗帘。这是二十五六岁的姑娘的房间？一只小灯泡发着微光，只能感觉到凄凉。

大力神（二）

“我是来玩的。”田岛说。他被惊吓到了，嗓门也变成了和绢子一样的公鸭嗓，“不过，我们可以重新来过。”

“你在耍什么花招吧。你可是无利不起早的人啊。”

“不不，今天真的是……”

“你爽快点儿，别扭扭捏捏的。”

不管怎么说，这房间太恐怖了。

非得在这儿喝那瓶威士忌吗？啊啊，应该买瓶便宜的威士忌。

“不是我扭扭捏捏。我爱干净。你，今天，实在太脏了。”

“我今天扛了有些重的东西，稍微有点儿累，午觉刚睡醒。哦，对了，我有好东西。你不进房间吗？性价比挺高的。”

她好像要谈生意。只要能挣钱，房间脏到什么程度都不是问题。田岛脱下鞋子，在榻榻米上找了个相对干净的地方盘腿坐下，没脱外套。

“你喜欢吃乌鱼籽吧？喝酒的人都喜欢。”

“我超级爱吃。你有吗？让我吃点儿。”

“别开玩笑。拿钱。”

绢子毫不掩饰，摊开的手掌杵到田岛的鼻子底下。

田岛厌恶地歪着嘴。

“看着你的所作所为，我真的觉得人生无望。把你的手缩回去。我不吃什么乌鱼籽，那是喂马的。”

“我便宜一点卖给你，别不知好歹。可好吃了，是从产地搞来的。别犹豫，拿钱来。”

绢子抖着身体，没有把手缩回去的意思。

不幸的是田岛酷爱乌鱼籽，有它给威士忌当下酒菜，其他东西都可以不要。

“那就来一点儿吧。”

田岛一脸不情愿的表情，把三大张纸币放在绢子手掌上。

“加四张。”

绢子镇定自若地说。

田岛吃了一惊。

“蠢货，你给我适可而止吧。”

“小气鬼。大方点，来一整条。难不成像买干鲣鱼一样，切下半条拿走？你真抠。”

“好吧，来一整条的。”

就连扭扭捏捏的田岛，到了这份儿上也禁不住满腔愤怒。

“瞧，一张、两张、三张、四张，这些够了吧。把手缩回去。我真想见识一下你爹妈长什么样，怎么生出你这种不知羞耻的女人。”

“我也想见呢，给他们俩嘴巴。只生不养，我就算是根大葱也会变蔫儿，烂掉吧。”

“别提你的身世，无聊。借一下杯子。现在开始威士忌就乌鱼籽。嗯，还有花生米。这给你。”

大力神（三）

田岛两大口喝完一大杯威士忌。今天来这里一心想让绢子放血，没想到反而被她摆了一道，自己用贵得离谱的价格买了号称“来自产地”的乌鱼籽，而且，还没等自己回过神来，绢子便噼里啪啦一番操作，毫不吝惜地把一整条乌鱼籽全部切碎后装进脏兮兮的碗里，又往上面撒了代用味之素，“吃吧。味之素免费赠送，不用介意。”

这么多乌鱼籽根本吃不完，加上撒了很多味之素，真不靠谱，田岛脸上的表情变得十分痛苦。用蜡烛把七张纸币烧成灰烬，也不会有现在这么强烈的损失感。太徒劳无益了。

田岛委屈地从满满的碗底里夹起一片没有沾上代用味之素的乌鱼籽，塞进嘴里。

“你自己动手做过饭吗？”

田岛这次战战兢兢地问道。

“要做的话我当然也会做，只是太麻烦了，不做。”

“洗衣服吗？”

“废话。我怎么说也算是有洁癖的。”

“你有洁癖？”

田岛听得愣住，他环视了一下惨不忍睹、充满恶臭的房间。

“这房间原本就很脏，没法弄干净。再加上我是做小买卖的，不管怎样都会搞乱房间。你要看我的壁橱吗？”

绢子起身，唰地打开壁橱门。

田岛顿时目瞪口呆。

壁橱里干净、整洁，散发着金灿灿的亮光和馥郁的芳香。

里面有橱柜、梳妆台、行李箱，鞋柜上放着三双娇小可爱的皮鞋。换句话说，这个壁橱才是公鸭嗓灰姑娘专属的秘密后花园。

绢子很快关上壁橱门，在离田岛稍远的榻榻米上一屁股坐下。

“一个礼拜打扮一次已经够够的了。我又不想勾引男人，平时就这样子穿着，刚好啊。”

“不过，这件劳动服也太脏了吧？不卫生。”

“为什么？”

“有气味。”

“装什么高贵。你不也一身酒气吗？我讨厌那气味。”

“算我们臭味相投。”

随着醉意上头，田岛不再介意房间里的破败情形和绢子乞丐似的模样，只有一个歹念在他心里油然而生，他要将起先的计划付诸行动。

“俗话说不打不相识嘛。”

田岛又开始笨拙地勾引绢子。男人，在这样的场合下，即便是被称作大人物或大学者的人，也会说这种傻里傻气的话，但往往会收到意想不到的效果。

大力神（四）

“我听见钢琴声了。”

田岛开始装腔作势起来。他眯起眼睛听远处收音机里传出的声音。

“你也懂音乐？虽然长着一张五音不全的脸。”

“蠢货，你不知道我是音乐通吧。名曲的话，我可以这么听一整天。”

“那是什么曲子？”

“肖邦。”

田岛信口胡编。

“呃？我还以为是越后狮子[1]。”

两个不懂音乐的人风马牛不相及地聊天。田岛感觉绢子提不起兴致，马上转换话题。

“你过去也和什么人谈过恋爱吧？”

“无聊。我才不像你那么淫乱。”

“你说话注意点，那么低俗。”

田岛突然不悦起来，他又猛喝了几口威士忌。他感觉自己可能不行了。可是，就这样败下阵来，有损美男子的形象。不管怎么样，必须坚持下去获得成功。

“恋爱和淫乱本质上是不同的。你好像什么都不懂，我来教教你。”

田岛说着，从自己嘴里吐出的猥琐语调让他脊背上感到一

1　越后狮子：起源于日本新潟县的一种乐曲，也是日本传统舞蹈的曲目。——编注

丝凉意。这样不行。虽然时间还早，不如装作喝醉躺下吧。

“啊啊，我喝醉了。空腹喝酒，果然醉得厉害。让我在这儿躺一会儿吧。”

“不行！”

公鸭嗓厉声嚷道。

“别把人当傻瓜！我一眼就把你看透了。要想睡的话，拿五十万，不，一百万。”

一败涂地。

“你用不着发这么大的火呀。我喝醉了，就在这儿，稍微……”

“不行，不行，给我出去。”

绢子站起来，打开房门。

田岛一时词穷，他使出最拙劣的一招，起身猛地扑向绢子打算抱住她。

咚，一拳落在脸上，田岛“啊——”地发出一声奇怪的惨叫。瞬间，田岛想起了绢子力大无比，能轻松地扛起十贯重量，不禁浑身战栗。

“饶了我吧。强盗！”

田岛嘴上莫名其妙地喊着，光着脚冲进了走廊。

绢子冷静下来，关上房门。

过了一会儿，门外传来了田岛的说话声。

“不好意思，我的鞋子。还有，你有绳子的话也给我一根，眼镜腿断了。”

身为美男子，田岛感觉自己受了前所未有的奇耻大辱，他气得咬牙切齿。他把绢子给的红橡皮筋缠在镜架上，把橡皮筋套在两只耳朵上。

“谢谢！”

他沮丧地走下楼梯，途中一脚踩空，又“啊——”地叫了起来。

黄金战争（一）

田岛对投在永井绢子身上的资本心疼得无以复加。从来没有干过如此赔本的买卖。他想，无论如何都要用足绢子，从她身上捞回损失。可是，她是大力神，大胃王，她实在贪得无厌。

气候回暖，转眼到了鲜花盛开的季节，唯独田岛郁郁寡欢。自那个惨败的夜晚之后又过了四五天，他重新配了一副眼镜，脸上也消肿了，他给绢子的公寓打电话。他想出了一个主意，打算和绢子打思想战。

“喂、喂，我是田岛。上次醉得太厉害，啊哈哈哈哈。”

“单身女人，本来就会遇到很多事，我没介意。”

“那就好。我后来也仔细考虑过了，结论就是，我和那些女人分手，买一栋小房子，从农村把老婆孩子接过来，过幸福的家庭生活。这是不道德的吗？”

“你说的话非常莫名其妙，不管哪个男人，好像只要一有钱，马上就会变得很小气。”

“所以我问你这是不道德的吗？”

“这不是好事吗？听上去你攒了很多钱？”

“不要一张口就是钱，我问的是道德，也就是思想上的问题。你怎么看？”

“关我什么事，那是你的事。”

“当然，你说的也有道理，不过，我呢，我觉得这是好事。”

“你那么想的话，不就好了吗？我要挂电话了。说这些废话，你真无聊。”

“可是对我来说，真的是生死存亡的大问题啊。我还是觉得人必须讲道德。请你帮帮我。我想做好事。”

“你好奇怪啊，是不是又喝醉啦，不会是又想干什么蠢事吧。那种事，我可不干。”

“别挖苦我，自古以来人就有行善的本能。”

“我可以挂电话了吗？你没有别的事吧？我刚才就想撒尿，一只脚已经踏进洗手间了。”

“请再等等，就一会儿。一天三千日元干不干？”

思想战骤然变成了金钱战。

“带不带饭？”

“不，不带，这一点请你谅解，我最近收入减少了。”

“没有一根（指一万日元）我才不干。”

“那好，五千。请答应我。这是道德问题。”

“我要撒尿啦，对不住。”

“五千日元，拜托了。”

“你真是个笨蛋。”

话筒那头传来哧哧的笑声，听上去她答应了。

黄金战争（二）

事到如今，田岛只想最大限度地利用绢子，一天除了给她五千日元外，连一块面包、一瓶水的便宜都不让她占，不下狠心利用到极致就是亏。温情是最大的敌人，它会毁灭自己。

被绢子抡了一拳，田岛发出一声“啊——”的惨叫之后，他反而发现了利用绢子这个大力神的办法。

田岛的情妇中有一位名叫水原惠子的油画家，年龄不到三十，水平并不怎么高。她在田园调布租了一家公寓中的两居室，一间用作起居室，一间用作画室。这位水原小姐带着某画家的介绍信来《方尖塔》找到田岛，红着脸，战战兢兢地请求给她机会，无论画封面画还是画插图，什么都行。田岛觉得她非常可爱，决定在经济上助她一臂之力。惠子举止温和，不爱说话，是个爱哭的女人，但她绝不会失态地号啕大哭。她哭起来像楚楚可怜的小女孩，招人怜惜。

对田岛来说有一件事相当棘手，即惠子有一位兄长。这位兄长在伪满的部队里生活了很长时间，加上从小性格粗鲁，体格高大威武，他初次听惠子提起田岛的事情时非常生气。从浮士德的时代起，对于美男子来说，如果恋人的兄弟是部队里的中士或下士，便是极其不祥的存在。

这位兄长，最近从西伯利亚返回日本，好像挤在惠子的起居室里。

田岛不想和这位兄长见面，所以给惠子的公寓打电话，想把她约出来，但是遇到了麻烦。

“我是惠子的哥哥。”

听上去对方是一个威猛的壮汉，声音有力。他果然在惠子家里。

“我是杂志社的编辑，想找水原老师商量作品。”

田岛说话的语尾在颤抖。

“不行。她感冒了，在睡觉。这段时间可能无法工作。”

太不走运。看来暂时不可能把惠子约出来。

可是，就因为害怕这位兄长而一直拖着，不和惠子做个了断，这对惠子来说大概也很失礼吧。加上惠子自己因感冒卧床，刚回国的兄长又寄居在她家里，经济上想必入不敷出。也许眼下正是好时机。对病人温柔地说上几句安慰的话，不动声色地把钱送上，当兵的哥哥应该也不至于揍自己。也许哥哥比惠子更加激动，主动要和自己握手也未可知。万一他对自己动粗……到那种关头，躲到大力神永井绢子的身后就行了。

这正是不折不扣的利用，物尽其用。

“你听我说，我觉得应该问题不大。她家里住着一个粗鲁的男人，如果他对我动手的话，你就这样，轻轻把他按住。那家伙一定打不过你。”

他对绢子的说话语气发生了一百八十度大转弯，变得彬彬有礼起来。

（未完）

《朝日评论》，昭和二十三年（1948）六月号

家庭的幸福

“官僚是恶之花”——这句话如同“清纯、明快、爽朗”等辞藻，可笑且陈腐，我甚至觉得此话愚蠢至极。究竟什么才是“官僚”这一群体的属性，且他们恶到什么程度，我并没有切身感受，它们也不在我思考的范围，我对此几乎漠不关心。我甚至觉得，这句话指的是否只是官僚盛气凌人之意？但是，平头百姓当中，奸诈狡猾、心底龌龊、贪得无厌、恩将仇报的无耻之徒也不在少数，两者堪称五十步笑百步。反倒是官僚中的大多数，他们从小虚心好学，长大立志出乡，因此刻苦背诵六法全书。他们勤俭节约，即便被朋友嘲笑一毛不拔也只是当作耳旁风。他们敬重祖先，在先父的忌日前去打扫墓地，将大学毕业证书镶入金色镜框，悬挂于母亲卧室的墙上，以此孝敬父母。他们不以兄弟为友，不轻信朋友，虽然效力于政府机关，也只求工作上不犯大错，对人一视同仁，不苟言笑，只讲公平。他们是绅士的榜样，出类拔萃、卓越出色。我甚至对世上的所谓官僚心怀同情，他们即便稍有盛气凌人之处又有何妨。

前几日，我身体略有不适，在被窝里迷迷糊糊躺了一整天，听了一下收音机这种机械。过去的十年，我不曾为家里买过一台收音机。我土里土气，装腔作势，既没有任何技艺傍身，又缺乏智慧和胆识，我不知羞耻而又武断地认为那种物品叽叽喳喳吵得人不得安宁。空袭时，我打开窗户探头听隔壁邻居家收音机里传来的报道，一架飞机如何如何，另一架飞机如何如何，我告诉家里人暂时安全，赶紧去解手。

说实话，收音机这种机械有些小贵。如果有人送我，当然也可以收下。除了喝酒、抽烟和美味的零食，对于在其他方面极端节俭吝啬的我来说，购买一台收音机，简直是莫大的浪费。事实尽管如此，去年秋天，我照例在外连续喝了两三个通宵，傍晚，我一边忐忑不安地担心家里会不会出什么事，一边迈着几乎不听使唤的步子往家走，我在与不安和恐惧的斗争中终于来到了自己家的玄关门口。我长吁一口气，哗啦一声打开玄关门。

“我回来啦！”

尤其是今天，我打算用清纯、明快、爽朗的声音报告我回家的消息，遗憾的是，我一如既往地嗓门嘶哑。

“呀，爸爸回来了。”

说话的是七岁的长女。

“哎呀，他爸，你究竟去哪儿啦？”

怀抱婴儿的母亲也迎了出来。

瞬间，我想不出该撒什么谎。

“到处走了走，到处走了走。”

我回答。

“都吃完饭了吗？”

我用发问竭力掩饰自己，随后脱下斗篷。我刚一踏进房门，就听到衣柜上面传来的收音机的声音。

“这是买的？”

我夜不归宿觉得理亏，所以不敢发火。

“这是雅子的。”

七岁的长女，脸上表情十分得意。

“我和妈妈一起去吉祥寺买的呀。”

“这真不错呢。”

父亲和蔼地对孩子说，随后转向母亲低声问：

“很贵吧，多少钱？”

母亲回答差不多一千日元。

“好贵。你从哪儿搞来这么大一笔钱？”

父亲把钱都花在酗酒、抽烟、买好吃的零食上了，总是手头拮据，并向各家出版社借了一大笔钱，家里自然一贫如洗，母亲的钱包里至多只有三四张百元的纸币，这是没有经过任何虚构的实际状况。

“都不够爸爸一晚上的酒钱，说什么一大笔钱……”

母亲大概也被父亲问得目瞪口呆，只能笑着申辩。爸爸不在家的时候，杂志社的人送来了稿费，于是去了一趟吉祥寺，咬咬牙买了这台收音机。这是最便宜的一台。雅子也太可怜啦，明年就要上学了，必须让她听收音机，受点音乐熏陶了。还有我，夜里等你到很晚，干针线活时听听收音机消遣，不知有多快活呢。

“吃饭吧。”

经过便是如此，我家也有了收音机这种物品，而我还是我行我素地四处喝酒，几乎没有认真听过收音机。偶尔收音机里播放我的作品，我也从不用心听一下。

换言之，用一句话来概括，我对收音机没有任何期待。

但是，前几天我卧病在床，从头至尾几乎听完了收音机里所谓的“节目”。听着收音机，我寻思，或许这果真多亏了美国人的指导，战前、战时那种老土的状态多少有了改观，收音机里竟然热闹非凡，忽然响过教堂的钟声，又随机传来钢琴的演奏声，还有一气呵成的外国古典名曲的唱片，电台广播在节目内容的丰富性上的确下了功夫，凭借让听众欲罢不能的热心，他们把节目设计得不留一点间隙，不知不觉到了中午、来到夜晚，甚至剥夺了你读一页书的时间。就这样，不记得是晚上八点还是九点，我听了一段奇怪的广播。

这是街头的现场录音，即所谓政府官员和所谓民众在街头交换意见的节目。

所谓的民众们大多言辞激烈，对官员反唇相讥。官员的语气中夹带着傻笑，说的尽是幼稚不堪的套话（例如，尚在研究中，您的意见很重要，我们会加以考虑。振兴日本，官民务必团结一致，我们也在竭尽全力，民主主义社会，不能走极端，所以政府希望得到大家的协助，云云）。换言之，这位官员自始至终等于什么都没说。民众们情绪更加激动，唇枪舌剑，愤怒声讨那位官员。官员则愈发口若悬河，面带一成不变的猥琐笑容，煞有介事地反复叨叨他那厚颜无耻且荒诞不经的大道理，惹得一位民众带着哭腔质问官员。

我躺在被窝里听着广播，也终于遏制不住怒火中烧。倘若我在那个现场，主持人采访我的意见，我一定会大声吼道：

“我不打算交税。我现在靠借钱度日。我既喝酒，又抽烟，为烟酒缴纳了高额税金，因此，我债台高筑。而且我四处找人借钱，根本没有交税的能力。加上我体弱多病，为了购买零食、注射液和药品，我也要借钱。我现在从事的是非常辛苦的工作。至少，比你的工作辛苦。我脑子里想的尽是工作方面的问题，就连自己都觉得快要发疯了。如果你想说烟和酒还有美味的零食，对于当下的日本人都是奢侈品，你给我戒掉，那么，日本就会失去一位杰出的艺术家。唯有这一点我敢断言。我不是威胁你。你从刚才起就一直煞有介事地谈论什么政府、国家，说得好像有多么了不起，那种将我们带上自杀道路的政府和国家，还是让它们赶紧消失为好。谁都不会留恋。恐怕只有你们才会难过吧？因为你们会被解雇，几十年的工龄也会打水漂。你家里的妻儿老小会痛哭流涕。你再看看我们，我们是一群为了工作，从很久以前开始就让妻子痛哭流涕的难兄难弟。不是我们愿意让她们难过，而是因为工作，无法照顾她们。那是什么意思？你在偷乐，以为我在为自己找借口？岂有此理。你想让我掐你的脖子吗？喂，成何体统，收起你嬉皮笑脸的样子！滚一边儿去！不像话。我既不是社会党的右派也不是左派，也不是共产党员。我是艺术家。你给我记住咯。我最讨厌瞒天过海的肮脏手段。你从一开始就目中无人，说些无关痛痒、不着边际的话，你以为这样就能哄骗民众，让大家满意吗？你只需说一句话，告诉大家你真实的立场！你真实的立场……”

诸如此类不堪入耳的泼妇骂街的言辞接连不断地涌入我的大脑，尽管自己都觉得有辱斯文，可是，愤怒的情绪在不断燃烧，最终，独自难忍激动的情绪，眼泪不禁夺眶而出。

我终究不过是个窝里横。我对经济学两眼一抹黑，对税收等问题可以说一窍不通。假如我真的身处街头录音的现场，小心翼翼地发出我的质疑声，转瞬便会被官员一顿训斥。

“是这样啊，不好意思。”

或许就是这种无情的结果。可是，我讨厌官员那张嘿嘿傻笑的面孔，那是他对自己说的话毫无自信的证据，是谎话连篇的证据，是信口开河的证据。如果那种嘿嘿傻笑似的辩解就是官僚的真实面目，那么，官僚这一集团的确罪孽深重。他们瞒天过海，对世人百般愚弄。我听着收音机广播，对那位官员感到极度憎恶，真想放火将他家的房屋付之一炬。

“来人呀，关掉收音机！”

我实在无法忍受那位官员嘿嘿的傻笑声。我不交税，只要官员还在那里嘿嘿傻笑，我就不交税。坐牢也无妨。只要他们还是谎话连篇，我就不交税。我血往头上冲，几乎要发狂了，心中充满委屈，眼泪流了下来。

当然，我对政治运动不感兴趣。不仅仅是因为自己的性格不适合搞政治，而是我并不觉得政治运动能够拯救自己。我对自己只有厌恶，我的视线总是瞄准普通人的“家庭”。

当天夜里，我吞下了前几日医生配给我的镇静剂，情绪稍许平复了下来，我不再思考日本政治和经济的现状，开始集中精力思考刚才那位官员的生活状态。

不过，那位官员嘿嘿的傻笑，不是针对所谓民众的轻蔑嗤笑，绝不是那种性质的傻笑。那是他维护自身立场的傻笑，是防卫的傻笑，是用来躲避敌人锋芒的傻笑，换言之，是为了蒙混过关的傻笑。

于是，我躺在被窝里的空想，开始张开新的翅膀。

他结束了那场街头讨论，终于松了一口气，擦了擦身上的汗水。忽然，他脸色一变，表情不悦地回到办公室。

“情况怎么样？”

下属询问，他苦笑着回答：

“唉，真是晦气。”

当时身在讨论现场的另一位下属恭维道：

“不、不，您可是快刀斩乱麻，一下子解决了。”

“你说的是，奇怪的刀[1]吗？”

他虽然苦笑着，内心倒是十分受用。

“开什么玩笑。那个提问的人大脑有问题，好歹咱也是千军万马……”

下属发现恭维过了头，立刻转换话题：

“今天的录音什么时候播放？”

“不知道。”

知道也要佯装不知，那才能彰显大人物威严的气势。他脸上露出似乎已经忘记了今天发生的事情的表情，开始磨磨唧唧地准备工作。

“今天的收音机广播很令人期待啊。”

下属又小声说了一句奉承话。这位下属，其实丝毫没有什么期待，播放录音的那天晚上，他在一个破烂的路边摊位喝劣等酒。就在收音机里播出街头讨论的那个时间点，他吐得稀里哗啦，哪里有什么期待。

对收音机广播翘首以待的，是那位官员和他的家人。

等来了，就在今晚。当天，官员比平时提早一小时回家。

1　日语中“快”和“怪”发音相同。

播放街头录音的三十分钟前，一家人紧张地围在收音机旁。

“一会儿，爸爸的声音就会从这个盒子里传出来。”

夫人把小女儿抱在怀里，这么告诉她。

上中学一年级的儿子正襟危坐，两只手规规矩矩地放在膝盖上，毕恭毕敬等着广播开始。这孩子容貌端正，在学校里也是个好学生。此刻他以这种姿态表达对父亲发自内心的仰慕。

广播开始了。

父亲开始若无其事地抽烟。不过，烟头马上灭了。父亲没有察觉，又猛地吸了一口。他把香烟夹在手指上，竖起耳朵听自己的回答。录音中的回答，远比自己想象的流畅。过关，没有大过。在机关里应该也会有不错的评价吧。大功告成。而且这段录音现在正在全日本播出。他观察了家里每一个人的表情，他们的脸上洋溢着自豪感和满足感。

这就是家庭的幸福，家庭的和谐。

这是人生至高无上的桂冠。

眼前的一幕不带有任何讽刺的意味，恰恰是温馨的光景。稍等！

我的空想忽然中断，奇怪的想法划过大脑。家庭的幸福，世界上有不希望家庭幸福的人吗？我不是在开玩笑。家庭的幸福，或许就是人生的终极目标，是至高无上的桂冠。或许是人生最后的胜利。

然而，为了得到家庭幸福，他激怒了我，并让我委屈得痛哭流涕。

我躺在被窝里的空想，倏忽一变。

我下一部要创作的短篇小说的主题，冷不防浮出了水面。我不会让那位官员登场。当然，有关那位官员的一切完全是我病中空想的产物，并非实际生活中的所见所闻。但是，下一部短篇小说中的主人公，也不过是我幻想中的人物。

……这是一个真正幸福、和谐的家庭。主人公的名字，我暂定津岛修治。这是我户籍上的名字，我担心随便起一个名字，如果和实际生活中的人名不小心撞在一起，就会给别人带来麻烦，为了避免这种误解，我提供了自己户籍上的名字。

津岛的工作单位，哪儿都无所谓，只要是政府机关就行。前面我提到了户籍名，那就顺着这一思路把他设定为街道政府部门的户籍干部。这些无关紧要。主题已经确定了，接下来只需对应津岛的工作在故事情节上下功夫。

津岛修治，在东京都下属的某街道政府机关工作。他是管理户籍的干部，年龄三十岁。他时常面带微笑。虽然称不上美男子，但脸上气色红润，有阳刚之气。只要和津岛先生聊上几句，就会让你忘掉生活中的艰辛，这是一位负责物资配给的大龄剩女说的话。津岛二十四岁结婚，长女六岁，儿子三岁。家庭成员中，除了这两个孩子和妻子外，还有老母，加上他自己一共五口人。总之，这是一个幸福的家庭。他在机关里的工作从未出过任何差错，是模范户籍干部。他在妻子眼里是模范丈夫，在老母眼里是模范孝子，进而，对孩子们来说，他是模范父亲。他既不喝酒也不抽烟。这并不是他在克制自己，而是没有这种欲望。妻子把烟酒都卖给了做黑市交易的店铺，买回老母和孩子喜欢的东西。他们不是小气的人，丈夫和妻子都在不遗余力地为家庭创造快乐。津岛祖上，原籍是北多摩郡，修治已故的父亲，生前经常以中学和女校校长的身份前往各地赴任，一家人也跟随父亲四处辗转。父亲在担任仙台某中学校长的第三年因病去世，津岛洞察老母思乡之情，果断处理了亡父的几乎全部遗产，购入现在位于武藏野一角的日式和西式风格混搭的新建住宅，其中有八张、六张、四张半、三张榻榻米等大小不同的房间，自己则在亲戚的帮助下进入三鹰町的政府机关工作。幸运的是，津岛一家没有遭遇战火，两个孩子长得体型圆润，老母和妻子也相处融洽。津岛每天伴随日出起床，在水井边洗脸，心情舒畅，情不自禁面向太阳击掌合十。只要一想到母亲和妻儿的笑容，采购的六贯红薯也感觉不到重量。津岛下地干活、担水、砍柴、朗读儿童绘本、给孩子当马骑、陪他们玩积木、学走步全都不在话下，因互相谦和礼让，家庭总是如沐春风。宽敞的庭院，虽然完全打造成了农田，但这家的主人却不是毫无情趣的实用主义者。农田周围种上了四季开花的植物和树木，花朵争奇斗艳。养在庭院一角鸡舍里的白色来亨鸡，一旦下蛋，家中便会响起热烈的欢呼声。林林总总，写不完道不尽的欢乐，意味着这是一个幸福的家庭。最近，在同事的怂恿下，津岛终于买了两张彩票，其中一张中了一千日元。津岛原本就是一个性格沉稳的人，他不动声色，也没有将此事告诉家人和同事。几天后他在上班途中顺道去了一次银行，兑换了现金。为了家庭的幸福，他不仅毫不吝啬，而且拥有不惜万金的慷慨气度。津岛想起家里的收音机，已经破损到送修理店时被告知“无法修理”的地步，这两三年它仅仅成了碗柜里的一件摆设，老母和妻子有时对着这个废物抱怨。离开银行后，津岛径直走进一家卖收音机的商店，毫不犹豫地买了一台新收音机。他留下家里地址，委托商店送货上门，随后若无其事地去机关上班。

不过，津岛还是按捺不住激动的心情。不用说老母和妻子又惊又喜，对于女儿来说，记事起第一次收听从自己家的收音机里传出的歌声，她一定会兴奋、得意得不能自已。还有三岁的儿子，想必会眨巴着眼睛，露出大惑不解的表情。全家欣喜若狂的情景仿佛历历在目。自己下班回家后，把买“彩票”的秘密第一次告诉家人，大家必定会再次笑得合不拢嘴吧。啊啊，下班时间快到吧，我想沐浴在家庭和谐的阳光里。今天的一天，竟然长得没有尽头。

太棒了！下班时间到了。津岛匆匆收拾好办公桌上的文件。

就在此刻，衣衫褴褛的女人手持出生证明出现在津岛的窗口前。

“请您帮帮忙。”

“不行啊，今天已经下班了。”

津岛照例带着他那“让你忘掉生活中的艰辛”一般的笑容答道，随后将办公桌收拾干净，拿起空的便当盒，起身。

“请您帮帮忙。”

“请您看一下表。”

津岛愉快地说道，将出生证推出了窗外。

“请您帮帮忙。”

“明天来吧，好吗？明天。”

津岛语气温和。

“今天不办的话，明天我来不了。”

津岛已经在那女人面前消失了。

……衣衫褴褛的女人，和孩子出生联系在一起的悲剧。这种悲剧恐怕会以各式各样的形态出现。虽然我（太宰）也不清楚那个女人不得不寻死的理由，可是那天半夜她跳进了玉川上水河。东京都多摩川当地版的报纸一角发了一篇简短报道。该女子身份不明。津岛没有任何过错，他在该下班的时间下班回家。反正津岛也不记得那个女人的事。他还是一如既往，笑容满面地为了家庭的幸福而不遗余力。

这种情节的短篇小说，基本上都是我身处病中，在失眠的状态下构思出来的。仔细想来，这位主人公津岛修治，并不非得是政府机关里的官员，也可以是银行职员、医生。然而，我构思这部小说，起因于那位官员嘿嘿的傻笑。那种嘿嘿傻笑的根源是什么？支撑所谓“官僚之恶”的基础是什么？控制所谓“官僚主义”这一气流的风洞是什么？我寻找着这些问题的解答，发现了恐怕可以称之为“家庭利己主义”的阴森森的观念，并且，我最终得出了下面这一惊悚的结论：

家庭的幸福是万恶之源。

《中央公论》，昭和二十三年（1948）八月号

卷二

幽微时刻

维荣之妻

一

我被玄关那头重重的开门声吵醒，一定是深夜在外喝得烂醉如泥的丈夫回家了，所以我默不作声地继续睡觉。

丈夫拉亮了隔壁房间的电灯，呼哧呼哧急速喘着粗气，打开写字台抽屉和书柜抽屉乱翻一气，好像在寻找什么东西，不一会，我听见他一屁股坐在榻榻米上的声音，随后只听得见呼哧呼哧急促的喘气声，不知他究竟在干什么。我躺在榻榻米上招呼道：

"您回来啦。晚饭吃了吗？碗橱里有饭团。"

"不了，谢谢。"丈夫少见地用温柔的语气答道。"孩子怎么样？还发烧吗？"他问。

这也十分稀奇。孩子明年四岁了，不知是营养不良，还是因为丈夫是个酒鬼，或者是病毒的缘故，这孩子比别人家两岁的孩子长得还要小，甚至走路都走不稳当，说话也困难重重，只会说马马、不好不好等几个词，看上去像智力不全的傻子。

我带这孩子去浴室洗澡，脱光衣服把他抱起来，见他长得又小又丑，骨瘦如柴，我甚至在众目睽睽下号啕大哭。这孩子经常拉肚子、发烧，丈夫几乎不待在家里，不知他对孩子是怎么想的，我告诉他孩子发烧了，他也只是回我一句："是吗，带他去医院吧。"然后自己匆忙披上斗篷出门了。我想带孩子去找医生，但是身无分文，只能躺在孩子身边，默默无语地抚摸他的脑袋。

可是，那天夜里不知什么缘故，他出奇地温和，罕见地问起孩子还有没有烧，我与其说是高兴，倒不如说是有一种可怕的预感，让我脊背发凉。我不知道该怎么回答，一声不吭，不一会儿，我听见了丈夫重重的呼吸声。

"家里有人吗？"

玄关门口传来了女人尖细的声音，我犹如被泼了一身冷水，猛地打了个寒战。

"不好意思，大谷先生。"

这一次，她的语调有些严厉，与此同时，传来了门被打开的声音。

"大谷先生！您在家吧？"

我听见她的声音显然怒气冲冲。

丈夫此时好像终于去了玄关。

"怎么了？"

丈夫口齿含糊地回答，听上去有些忐忑不安。

“不要明知故问，”女人说，“明明也是有家室的人，干窃贼的勾当，你是怎么回事？别开别人不喜欢的玩笑，请还给我，不然我马上报警。”

“你说什么，别那么没礼貌。这里不是你们来的地方。快走吧！不走的话，我倒要报警了。”

此时，又响起了一个男人的声音。

“先生，你胆子真大，‘这里不是你们来的地方’，真说得出口。我都吃惊得不知说什么好。这件事不同于其他事情。你拿人家的钱，开玩笑也要有个度啊。我们夫妻为了你，过去吃了多少苦，你不知道吗？就是这样，你还能做出今晚这种丑事，大谷先生，我看错你了。”

“你这是敲诈！”丈夫气势汹汹地说，声音却在发颤。“你威胁我。快走！有话明天再说。”

“说得那么理直气壮，先生，偷别人的钱就真的成罪犯了。那好，我没有别的办法，只能报警。”

他们的说话声传进我的耳朵，我心中充满厌恶，鸡皮疙瘩起了一身。

“随便你怎么做！”丈夫的吼声已经变成了尖叫，颇有虚张声势的感觉。

我从榻榻米上起身，在睡衣上披了一件外褂，来到玄关，和两位客人打招呼。

“欢迎二位。”

“哎呀，这位是夫人吧?”

五十多岁的圆脸男人，穿着只到膝盖上的短外套，他脸上没有一丝笑意地对我点头打招呼。

女人看上去四十岁左右，身材瘦小，穿戴十分整齐。

“这么晚了来府上打扰。”

女人也一样，面无笑容地解开披肩回了我一礼。

此时，丈夫出其不意地双脚踩进木屐，打算冲出门外。

“啊呀，这家伙真是岂有此理。”

男人抓住丈夫的一只胳膊，两人瞬间扭打在一起。

“放手！小心我捅了你。”

丈夫握在右手的折刀闪着刺眼的亮光。这把折刀是丈夫的收藏品，一直放在丈夫的写字台抽屉里，难怪刚才丈夫一回家好像就在写字台的抽屉里乱翻，他一准预料到会发生此事，所以找出折刀揣在怀里。

男人往后退。丈夫伺机，犹如一只巨大的乌鸦舞动着斗篷的袖子飞跑出了门外。

“抓贼啊!”

男人高声喊着，正要追出门去，我光脚跑下土间，一把抱住男人。

“您请留步，你们谁都不能受伤。后面的事情交给我来处理。”

我这么一说，身边四十岁的女人也开口道：

“说得对，他爸。疯子手中有刀，不知会干出什么事。”

“畜生！我要报警。我饶不了他。”

男人茫然地望着门外的夜色，自言自语似的嘀咕，不过，他已经筋疲力尽了。

“对不起，二位请进屋，请告诉我究竟发生了什么事。”

我说着，上了屋内的台阶，蹲在那里。

“也许我能处理好这件事。二位请进来吧，请，房间里有些乱。”

两位客人对视了一下，轻轻点头表示首肯，男人又重新转过脸来。

“无论您怎么说，我们都已经打定主意。不过，我还是把事情的经过告诉您吧。”

“是啊，请进来吧，我们慢慢说话。”

“不不，我们可没有那么多闲工夫。”

男人说着，准备脱掉外套。

“请不要脱外套，房间里很冷，真的，请您就这么穿着外套，房间里没有任何取暖的东西。”

“那我就恭敬不如从命了。”

“夫人也请穿着外套进来吧。”

男人走在前头，女人紧随其后进了丈夫六张榻榻米的房间。已经开始腐烂的榻榻米、千疮百孔的格子窗、剥落的墙壁、破得露出骨架的纸隔扇、角落里的写字台和空空如也的书柜，见到房间里如此破败的情景，两人好像不约而同地倒吸了一口冷气。

我请他们坐在破得露出棉花的坐垫上。

“榻榻米很脏，请二位坐那上面将就一下。”

我说着，再次向两人寒暄道：

“我是初次见到二位。我先生过去好像给二位添了不少麻烦，今晚又做出那种可耻的事情，不知怎么向二位赔礼道歉才好。总之，他就是那种性情乖戾的人。”

我刚一开口就哽咽起来，眼泪流了下来。

“夫人，我冒昧问一句，您多大年纪？”

男人问道。他毫不顾忌地盘腿坐在坐垫上，胳膊肘支在膝盖上，拳头支撑着下颚，向前弹出身体。

“您问我吗？”

“嗯，您先生好像三十岁，是吧？”

“是的。我比他……小四岁。”

“这么说来您二十……六岁，哎呀，这太过分了，您还这么年轻啊？哎呀，说得是，先生三十岁的话，您当然是这个年纪，真不敢相信。”

“我也是，我刚才就在纳闷，”女人从男人身后探出脸来，“真让人吃惊，家里有这么温柔贤惠的夫人，为什么大谷先生还要做那种事。”

“那是病态，是一种病态。以前还不怎么严重，现在越来越厉害了。”

男人说着重重叹了一口气。

“说实话，夫人，”他的语气变得郑重其事起来。“我们夫妻在中野站附近经营一家小酒馆，我和她都是上州人，别看我现在这样，过去也是规规矩矩做买卖的人。大概是因为太贪玩了，不想和老家的农村人做那点抠抠索索的生意，二十年前费尽周折，带老婆来了东京。我们夫妻两个从吃住在浅草的一家餐馆里给人干活做起，起起伏伏，也和别人一样吃了些苦，存下了一小笔钱，就在现在的中野车站附近，大概是昭和十一年吧，租了六张榻榻米大小外带一间小土间[1]的小破房，在那里开起了小酒馆，来的也就是至多一次花一二日元的顾客，心里也没什么底。不过，我们夫妻省吃俭用，不怕吃苦，也是苍天不负有心人，我们进了不少烧酒和杜松子酒，就算后来遇到了酒荒的年头，也没有像其他小酒馆一样改行，好歹硬撑着坚持下来了。这么一来，喜欢我们酒馆的客人也全力以赴地支持我们，为我们打通渠道，军官们也都逐渐来我们店里喝酒，日本对英美开战后，就算空袭变得越来越频繁，我们没有可担心的孩子，所以也从没想过疏散回老家，就想着坚持到房子被烧掉为止吧。我们一直守着这家店，终于平安无事地挨到了战争结束，松了一口气，现在又大胆做起了黑市酒的买卖，长话

1 土间：指在日本建筑中，不铺木地板，使用三合土、硅藻土、混凝土或瓷砖铺设而成的房间。——编注

短说，这些就是我们的经历。我简单地告诉您这些，您可能会觉得，我们夫妻没有遇到过什么大的困难，运气不错，可我觉得人的一生就是行走在地狱里，不如意事常八九。一年三百六十五天，无忧无虑的日子能过上一天或半天，他就是个幸福的人。您丈夫大谷先生，第一次来我家酒馆是昭和十九年的春天，当时日本和英美的战争还没有吃败仗，不，好像差不多开始吃败仗了，我们也不知道实际情况，不明真相，只想着坚持两三年，彼此就能资格对等地讲和了。记得大谷先生第一次来我家店里的时候，好像穿着藏青色碎纹款的和服和斗篷，那时不只大谷先生，很少有人穿着防空服走在东京街头，基本上都满不在乎地穿着普通服装外出，那个时候，我们并不觉得大谷先生衣冠不整。当时，大谷先生不是一个人来的。可能不该在夫人面前说这话，不过，还是不要隐瞒，我把话全部挑明了吧。您先生带着一个半老徐娘，是从酒馆的厨房门偷偷溜进来的。那个时候，我家酒馆的正门每天都是关着的，用当时流行的话来说就是开黑店，只有少数几个熟悉的客人从厨房悄悄溜进来。大家不是坐在土间的餐桌上喝酒，而是在六张榻榻米的里屋，把灯光调得昏暗，压低嗓门，闷头喝到一醉方休。还有，那个半老徐娘，不久前是新宿酒吧里的女招待，她在酒吧上班期间经常带有钱的客人来我们店里喝酒，对我家也算熟门熟路，彼此毕竟是同道中人。那人住的公寓就在我家酒馆附近，新宿的酒吧歇业后遣散了女招待，她还是时常带一些认识的男人来我家。我家的酒馆，存货也逐渐少了，不管是多么有钱的客人，来喝酒的人多了，就不像以前那么心存感激，反倒觉得是一种麻烦，可是，过去的四五年，她带了很多出手大方的客人来我们家，出于情面，我们对那个半老徐娘介绍来的客人也都和颜悦色地招待。所以说，那时候，那个半老徐娘，我们叫她阿秋吧，带您先生从厨房门溜进我们店里，我们也没有觉得奇怪，还是和往常一样，把他们带到六张榻榻米的里屋，端上烧酒。那天晚上大谷先生安静地喝酒，让阿秋付了酒钱，两人又一起从厨房门离开了酒馆。我觉得奇怪的是，那天晚上大谷先生非常安静，举止儒雅，所以一直记着。我想，妖怪第一次出现的时候是不是也这么安静和羞涩？从那天晚上起，我家的酒馆就被大谷先生盯上了。大概过了十天，这一次大谷先生是一个人从厨房门口进来的，他猛地掏出一张一百日元的纸币，哎呀，当时一百日元可是一笔巨款，相当于现在的两三千日元，甚至更多。他硬是把钱塞在我手里说：‘请给我上酒。’脸上怯生生地笑着。看上去已经喝了很多酒。夫人您也一定清楚，没有人像他那么能喝。你以为他喝醉了，可从他嘴里又忽然冒出来很有条理的话，不管喝多少，我也从来没有见过他走路两脚不听使唤。虽说三十岁上下，正是血气方刚，能喝酒的年龄，但像他这样的，真的非常少见。那天晚上，他看上去已经在其他地方喝了很多酒，之后又在我们店里喝了十杯烧酒，他几乎一声不吭，我们夫妻和他说话，他也只是腼腆地笑着，

‘嗯、嗯’，似是而非地点点头。忽然他问我几点，随后站了起来，我找他钱，他说：‘不用了，不用了。’我坚持说：‘您这么做我很为难。’他笑着说：‘那就请您保管到下一次吧，我还会再来。’说着就离开了。夫人，我们从他手里收到钱就那么一次，是第一次也是最后一次，后来他总是找各种借口，三年来没有付过一毛钱酒钱，他几乎一个人把我家酒馆里的酒喝得精光，您说这是不是难以置信？”

我不禁扑哧笑了出来。我忽然莫名其妙地觉得可笑。我匆忙用手捂住嘴，望了一眼老板娘，她也低头笑得很尴尬，她丈夫也无可奈何地苦笑着。

“说起来也不是什么好笑的事，可也太不可思议了，忍不住想笑。实际上，像他这么有能力的人，如果干点其他方面的正事，无论大臣还是博士，都不在话下。不仅是我们夫妻，听说还有不少人，被他卯上后赔得精光，只能在这样的寒天里掉眼泪。就拿这个阿秋来说，就因为遇上了大谷先生，背后的靠山也离她而去，钱和身上的和服都搭进去了，听说现在住在大杂院的一间破屋子里，过着和乞丐差不多的生活。实际上，阿秋刚认识大谷先生的时候，对他崇拜得五体投地，在我们面前也不停吹嘘。说他身世显赫，是四国地区某个大名的旁支，大谷男爵家的二儿子，虽说现在因为品行不端被逐出家门，只要他父亲，也就是那个男爵一死，就能和长子两人一起瓜分家产。他聪明过人，称得上是个天才。二十一岁就写书，比石川啄木那些大天才写得都棒，而且，他写了十几本书，虽然年纪轻轻，就已经是日本头号诗人了。他还是大学者，从学习院毕业便考上一高、帝大，懂德语、法语，哎呀，太了不起了，从阿秋嘴里说出来，大谷先生简直就是神。不过，大家说的也并不都是假话，别人也这么告诉我，他是大谷男爵的二儿子，是有名的诗人，所以我家的老婆子，这把年纪了，也和阿秋不相上下，被他迷得神魂颠倒，说什么出身显赫的人，就是和别人不一样，成天望眼欲穿地盼着大谷先生来，真让人受不了。现在，贵族也没什么了不起，可是二战结束前，要勾引女人，把自己打扮成被贵族家庭逐出门户的公子还是最管用的，女人好像莫名其妙地就吃这一套。用现在的流行语来说，这大概就是奴性吧。我这种男人，也算是在江湖上混，见过些世面的。在我眼里他充其量不过是个贵族家庭出身，哎呀，不该当着夫人的面这么说，四国大名的一个旁系，还是个二儿子，和我们这些人的身份也没什么区别吧，更谈不上低三下四地对他高看一眼。不过，您家的那位先生我也实在搞不定，不管我怎么痛下狠心，这次无论怎么求我也不让他喝酒，可他就像个被人追赶跑来这里的逃犯，在你意想不到的时间忽然冒了出来，只要一见到他踏进我家才安下心来的样子，我的决心就动摇了，最后还是给他端上酒来。他喝醉了也从来不发酒疯，只要能好好结账，还算是个不错的客人。他从来不吹嘘自己的身份，也不会厚颜无耻地说自己是天才那种话。每当阿秋她们在您先生的边上帮他做广告，吹他有多么伟大时，他总会说一些毫不相干的话，我需要钱，我要付这里的酒钱，让她们觉得非常扫兴。他从来没有付过喝酒的钱，有时阿秋替他结完账后离开。除了阿秋，还有一个应该是他不想让阿秋知道的女人，那人好像是什么人的夫人，她偶尔也和大谷先生一起来，也会替大谷先生结账，有时多付一些钱放在我们店里。我们也是做生意的人，如果不结账，不管是大谷先生，还是达官贵人，也不能永远请他白吃白喝呀。可是，即使偶尔有人替他结一次账，也远远不够他的酒钱，我们的损失太大了。听说大谷先生住在小金井，家里有一位贤惠的太太，所以我们就想来府上商量一下酒钱的事，也不经意间问过大谷先生府上的位置，可一下子被他察觉了，他说：'没钱就是没钱，何苦那么斤斤计较，闹翻了对谁都不好。'到了这种程度，我们想至少也要知道先生家的地址，所以尾随过他两三次，每一次都被他巧妙地甩掉了。后来东京接二连三遭到了大空袭，大谷先生竟不顾一切地戴着战斗帽推门而入，擅自从壁橱里取出白兰地酒瓶，站在原地一股脑地往肚子里灌，随后又像一阵风似的离开，从来没付过钱。不久二战结束，这一次，我们在黑市上大规模进酒，在酒馆入口挂上新的门帘。无论再穷，我们也要打起精神。为了招徕顾客，店里雇了一个聪敏伶俐的姑娘。你家那位魔鬼一样的先生又出现了，这回不是和女人一起，每次必定带上两三个报纸或杂志的记者。听记者们说，军人没落了，从今往后，过去穷困潦倒的诗人将会受到万众瞩目。大谷先生在那些记者面前侃侃而谈，说些外国人的名字、英文、哲学，都是我听不懂的莫名其妙的话，说完后倏地起身跑出门外，溜之大吉。记者们边扫兴地嘀咕‘那家伙去哪儿了，我们也差不多该回去了’，边开始收拾东西。我拦住他们说：‘大谷先生一直用这种方法逃单，只好请各位结账了。’于是，有人老老实实掏钱，大家一起凑钱买单，也有人破口大骂：‘让大谷付钱，我们全靠五百日元过日子呢。’即便有人发怒，我还是说：‘不行，各位知道大谷先生到现在为止欠了多少酒钱吗？如果各位有本事帮我向大谷先生讨回哪怕一丁点的赊账，我也会把其中的一半分给大家。’记者们面面相觑，他们说想不到大谷是个做事这么过分的混蛋，以后再不和他喝酒了，今天晚上我们身无分文，明天来结账，先把这押在你店里吧，说着，一个个用力脱下外套。社会上的人都说记者道德败坏，可是他们远比大谷先生忠厚老实，如果大谷先生是男爵家老二的话，记者们的品格比得上公爵家的老大了。二战结束后，大谷先生酒量大增，面相也变得可怕起来，过去从来不说的下流玩笑话现在张口就来，一言不合就殴打记者，开始和别人扭在一起打架，他还神不知鬼不觉地把我家酒馆雇用的不满二十岁的姑娘勾引到手，着实让人大跌眼镜，对他束手无策。事已至此，我们也只好忍气吞声，劝那姑娘放弃不切实际的幻想，偷偷把她送回了父母身边。我对大谷先生说了几次，‘我们什么都不提了，求你以后别再来了。’可他反而倒打一耙地威胁我们：‘你们通过黑市交易挣了大钱，别装得什么事都没有，我都一清二楚。’第二天晚上他又若无其事地来了。从二战那时候起，我们做起了黑市交易，可能是老天要惩罚我们，我们不得不面对这么一个魔鬼一样的人物。可是他今晚对我们做了那么过分的事，在我们眼里已经算不上什么诗人，什么先生了，分明是个窃贼，他偷了我们酒馆五千日元跑了。我们现在进货用了很多钱，家里最多只放着五百、一千日元的现金，说实话，店里的营业收入都是直接从这个口袋进那个口袋出的，全都投在进货上了。今晚之所以家里放着五千日元这么一大笔钱，是因为今年已经接近除夕，我挨家挨户去那些熟客的家里结账，好不容易收回了这么一点钱，今晚不马上把现金给供货商送去，一开年我们就没法维持生意了。这么一笔重要货款，我老婆在六张榻榻米的里屋清点后放进了碗橱的抽屉里，那家伙独自在土间的餐桌前喝酒，应该是被他看见了，他忽然起身，吧嗒吧嗒跑进六张榻榻米的里屋，一声不吭地推开我老婆，拉开抽屉，抓起捆在一起的五千日元，塞进斗篷的口袋，趁着我们在一边发愣，飞快地从土间跑出酒馆。我大声喊着制止他，和老婆一起追了出去。那会儿我真想高喊‘抓贼！’，让来来往往的行人帮我抓住他，可是，大谷先生毕竟是我们的熟人，这么做的话也太让他丢脸了，所以我们还是决定今晚不管怎么样也要尾随在他身后不让他甩掉，搞清楚他的住处，和他好好说，让他把钱还给我们。我们也只是小生意人，经不起什么风浪。我们夫妻两人齐心合力，今晚终于找到了府上，强忍着性子，息事宁人地想请他还钱，没想到他居然拿出刀子说要捅了我们。”

莫名其妙想笑的感觉再次涌起，我大声笑了起来。老板娘也满脸通红地笑了几下。我笑得停不下来，觉得挺对不住老板，但我还是感觉出奇的可笑，笑得眼泪都出来了。我忽然想起丈夫诗歌中的一句话“文明尽头的大笑”，指的就是这种心情吗？

二

然而，这件事不是大笑一场就能轻易了结的。我也考虑了一下，那天夜里，我对夫妻两人说，我会想办法解决问题，请暂缓一天报警，明天我去府上拜访。我仔细询问了位于中野的小酒馆位置，两人勉强答应了我的请求，当晚打道回府。之后，我独自坐在寒冷彻骨的六张榻榻米房间的中央开始盘算，可是实在想不出什么好主意，我起身脱下外褂，钻进熟睡的孩子的被窝。抚摸着孩子的脑袋，我在心里盼望永远永远不要天亮。

以前，我父亲在浅草公园的瓢箪池畔摆摊卖关东煮。母亲死得早，留下我和父亲两人住在大杂院里，摊位也是我和父亲一起打理。现在成了我丈夫的那个人，有时光顾我们的摊位，后来我开始瞒着父亲与那人在别的地方见面。由于肚子里怀上了孩子，经过一番折腾，我总算成了他的妻子。当然，我并没有入他家的户籍，孩子也就成了私生子。那人一出门就是三四天夜不归宿，不止，有时甚至一个月都不回家。我也不知道他在哪里，在干什么。每次回家，他都是烂醉如泥，脸色煞白，呼哧呼哧喘着粗气。有时他默不作声地看着我，眼泪唰唰往下淌。有时他会忽然钻进我的被窝，紧紧抱住我的身体不松手。

“啊啊，我受不了了，可怕，好可怕呀。我，好怕！救救我！”

他说这些话的时候，有时浑身发抖，有时睡着了也会说梦话，哼哼唧唧，第二天一大早醒来，他像丢了灵魂似的神情恍惚，不知什么时候又忽然消失了，然后又是三四天夜不归宿。丈夫有两三个在出版社工作的老朋友，他们担心我和孩子的生活，偶尔会送一些钱来，我们这才好赖活到今天，没有饿死。

我迷迷糊糊地打起盹来，睁开眼睛时，我发现清晨的光线从雨棚的缝隙射进房间。我起身穿戴好，背起孩子走出家门。我实在无法无所事事地待在家里。

我不知该去哪里。我往车站方向走，在车站前的摊位上买了一颗糖，给孩子含在嘴里。我蓦地想到了什么，买了一张开往吉祥寺的车票上了电车，手抓吊环，心不在焉地望着从电车棚顶垂吊下来的广告，在那上面见到了丈夫的名字。那是杂志的广告，丈夫好像在那本杂志上发表了题为“弗朗索瓦·维荣”的长篇论文。我注视着弗朗索瓦·维荣的标题和丈夫的名字时，不知为什么，酸楚的眼泪夺眶而出，眼前的广告变得模糊不清。

在吉祥寺下了电车，的确有很多年没来这里了，我徒步去井之头公园看了看。池边的杉树被砍伐得一干二净，看样子就要开始在这块地上施工，有一种格外荒凉的感觉，和以前大相径庭。

放下背上的孩子，两人并排坐在池边破烂的长条凳上，我取出从家里带来的红薯喂孩子。

“孩子，你看这池塘是不是很漂亮？过去啊，这个池子里有很多鲤鱼和金鱼，现在什么都没有了。一点儿都不好玩。”

孩子不知在想什么，嘴里塞满红薯，奇怪地笑了起来。尽管是自己的孩子，可我还是觉得他就是个傻子。

不管在池塘边的长条凳上坐多久，也解决不了任何问题。我又背起孩子，无精打采地折回吉祥寺车站，在摆满露天摊位的热闹的商店街上随意溜达，然后，在车站买了开往中野的车票。我漫无目的和计划，仿佛被力大无比的魔法深渊一点点吸进去那样，乘上电车，在中野站下车，按照昨天那对夫妻告诉我的路线，抵达了那两人的小酒馆。

酒馆正门关着，我绕到后面的厨房门口走了进去。老板不在店里，老板娘独自一人在打扫餐厅。和老板娘的视线刚一碰上，我就脱口而出，撒了一个连自己都感到意外的谎。

"听我说，大婶，那笔钱我应该有办法全部还给您。不是今晚就是明天，总之我有强烈的预感，请您不要再担心。"

"啊呀，是吗，那真是太好了。"

老板娘说着，脸上露出了淡淡的喜色，但我还是察觉到了留在她脸上难以理解的不安神情。

"大婶，我说的是真话。一定会有人送钱来的。在这之前我当您的人质，一直留在这儿。这么做的话您就安心了吧？钱送来之前，请让我在酒馆里帮忙吧。"

我把孩子从背上放下，让他在六张榻榻米的里屋一个人玩耍，自己立刻手脚麻利地干起活来。孩子早已习惯了一个人玩耍，一点儿都不碍事。也可能因为是傻子的缘故，他不怕生人，还会冲着老板娘露出笑容。当我替老板娘外出领取配给的物资时，他也会老老实实待在六张榻榻米房间的一角，把老板娘给他的美国罐头的空壳当作玩具，敲敲打打、滚来滚去地玩耍。

吃午饭的时间，老板忙完鱼类和蔬菜的进货后回来了。我一见老板，便快人快语地重复了一遍对老板娘撒过的同样的谎。

老板一脸茫然。

"呃？不过，夫人，钱这种东西，不是攥在自己手里的可不好说呀。"

出乎意料的是老板的语气非常冷静，近似教训。

“不，我说的是实话。请您相信我，等一天再报警。在这之前，我在您酒馆里帮忙干活。”

“只要能把钱还给我，我就什么都不说了。”老板喃喃自语，“不管怎么说，今年只剩五六天了。”

“嗯，所以啊，所以呢，哎呀，来客人了。欢迎光临。”我笑着招呼走进店里的三个手艺人模样的客人，随后小声说，“大婶，借我一条围裙。”

“呀，雇了个美女啊，这女人，太漂亮了。”

其中的一个客人说。

“请不要勾引人家，”老板说，语气不像是开玩笑，“这身子可是要花大价钱的。”

“难不成是价值百万美元的名马？”

另一个客人开了个下流玩笑。

“听说名马中的雌马价格减半。”

我一边温酒，一边不甘示弱地回他下流话。

“别谦虚啊。从今往后，日本不管是马还是狗都是男女平等啦。”最年轻的客人高声嚷道，“大姐，我喜欢你，对你一见钟情。不过，你有孩子吧？”

“她没有，”老板娘抱着孩子从里屋走出来，“这孩子是我从亲戚家抱来的，这下我们终于有继承人了。”

“钱也有了。”

听一个客人这么嘲笑，老板板着脸嘟囔道：

“又会搞女人，又会欠债，”随后他倏地换了一种语气说，“您要点什么？给您上个什锦火锅吧？”

老板问客人。此刻，我明白了一件事。果然如此，我独自点了点头，不动声色地把酒壶端上了桌。

当天好像是圣诞节的前夜，可能因为这一缘故，酒馆里的客人络绎不绝。我从早上就几乎没吃任何东西，大概因为心里有事，老板娘让我吃什么我也都回答不饿。就这样，我好像身上披上了羽衣，身轻如燕地前前后后不停忙碌。或许我说得有些自负，这一天酒馆似乎生意特别兴隆，不止两三个客人问我的名字，要和我握手。

可是，究竟会有什么结果呢？我心里没底。我只是面带笑容，附和着客人们淫秽的调侃，有时回以更加低级的玩笑话，步伐敏捷地穿梭于客人之间，为他们斟酒。渐渐地，我只想让自己的身体像冰淇淋那样融化。

果不其然，这个世界上偶尔也会出现奇迹。

差不多刚过九点，餐馆里来了两位结伴客人，一位是头戴纸做的圣诞节三角帽，像罗宾[1]那样用黑色假面遮住上半张脸的男人，另一位是三十四五岁年龄，身材偏瘦的漂亮夫人。男人背对我们，在土间角落里的椅子上坐下。他一进店门我立刻认出来了，他就是我那位做贼的丈夫。

1　即亚森·罗宾。法国作家莫里斯·勒布朗笔下的一个虚构人物。最早在1905年的杂志《我什么都知道》中出现。——编注

他好像并没有察觉到我，我也装作不认识他，和其他客人开着玩笑，那位夫人在我丈夫对面坐下。

“小姐，过来一下。”

听到她招呼我，我应了一声：

“来了。”

我走到两人的餐桌跟前。

“欢迎光临。给您上酒吗？”

我说话时，丈夫在假面后面看我，不出所料，神态非常吃惊。我轻轻抚摸他的肩膀。

“是说圣诞节快乐吗？该怎么说？您看上去还能喝一升酒呢。”我说。

那位夫人没有理会我的话，表情严肃地开口道：

“对了，这位小姐，不好意思，我想找这家店的老板私下商量点事儿，你去把他叫过来吧。”

我走到里面正在用油炸食物的老板跟前。

“大谷回来了，请您去见一下他吧。不过，请不要告诉和他一起来的女人我是谁，我不想让他觉得丢人现眼。”

“他终于来啦。”

老板虽然对我撒的那个谎将信将疑，但他好像还是非常信任我，他似乎把丈夫回来这件事简单地理解为是因为我从中斡旋。

“不要提我哦。”

我又重申了一遍。

“如果您觉得应该这么做的话，我就照您的话去做。”

他爽快答应后，走进土间。

老板环视了一下土间里的客人，径直向我丈夫的餐桌走去。他和漂亮的夫人交谈了两三句，三人一起走出店门。

大功告成。不知为什么，我确信问题已经解决了，心里十分畅快，不由自主地狠狠抓住了一个身着藏青色碎纹款和服、不满二十岁的年轻客人的手腕。

“多喝点儿，嗯，多喝点吧，圣诞节来了呀。”

三

过了短短三十分钟，不，不到三十分钟，感觉上只是一眨眼的工夫，老板一个人回来了。他走到我身边。

“夫人，谢谢您。他把钱还给我了。”

“是吗，那太好了。全部还给您了？”

老板的笑容有些奇怪。

“嗯，只还了昨天拿走的钱。”

“过去一共欠您多少钱？您粗略估摸一下，当然，能少算些就尽量少算些。”

“两万日元。”

“就这么点钱吗？”

"我尽量少算了。"

"我来还钱。大叔，您可以让我明天起在这里干活吗？行吗？答应我吧！我干活还钱。"

"呃？夫人，您真是位了不起的阿轻[1]啊。"

我们两个不约而同笑了起来。

那天晚上，过了十点，我走出中野的酒馆，身背孩子回到位于小金井的自己家里。丈夫依然夜不归宿，可是我心情平静。明天再去那家酒馆的话，没准还能遇见丈夫。为什么过去我从来没有想到过这么好的主意呢？迄今我受的苦，归根结底全都来自我的愚钝，我从未想过还有如此高明的方法。就说我自己，过去在浅草父亲的小摊上干活，接待顾客绝不逊色，从今往后在那家中野的酒馆里，我也一定能干得得心应手。今天晚上我就收到了差不多五百日元的小费。

按照丈夫的说法，昨晚，他后来又去某个熟人的家里住了一晚，今天一大早去京桥那位漂亮夫人经营的酒吧搞了突然袭击，一大早便喝起了威士忌。随便给了在那家酒吧上班的五个女孩一些小费，说是圣诞礼物。中午叫了一辆出租车外出，不久提着圣诞节的三角帽、面具、圣诞蛋糕、火鸡等东西回来，吩咐别人各处打电话召集朋友，办了个盛大的宴会，这让酒吧的老板娘起了疑心，因为我丈夫平时总是身无分文。她悄悄询

1　阿轻是人形净琉璃及歌舞伎剧目《假名手本忠臣藏》里的人物，为丈夫筹钱而卖身祇园妓楼。

问我丈夫，我丈夫若无其事地把昨晚发生的事情和盘托出。老板娘好像过去就和我丈夫的关系不错，她担心对方报警，事情闹大也只有让人难堪，她苦口婆心地劝他必须还上这笔钱。随后，她让丈夫带她来到中野的酒馆。中野酒馆的老板对我说：

“我猜想八成是这样。不过，夫人您居然想出了这么个办法，您是去求大谷先生的朋友帮忙了吗？”

听他的语气，好像我一开始就预料钱会这么回来，所以先来店里等着了。我只是笑着回答：

“嗯，那当然。”

那天以后，我的生活与过去相比发生了翻天覆地的变化，我每天都充满快乐。我先去美发厅打理了头发，还买了一整套化妆品，重新缝制了和服，老板娘送了两双新的白色布袜给我，我感到过去积淀在内心的痛苦彻底抛到了九霄云外。

清晨起床，我和孩子两人吃完早餐后，做好便当，把孩子背在身后去中野上班。除夕和元旦是餐馆最繁忙的日子，“椿屋的阿幸”是我在这家酒馆里的名字。这个阿幸每天忙得不可开交，丈夫隔一天就来酒馆喝酒，每次都会让我为他结账，转眼便又不见了踪影，夜里很晚又在店门口张望。

“一起回家吗？”

他低声问我。我点点头，开始收拾东西，我们时常兴高采烈地并肩走在回家路上。

“为什么我们一开始不这么做呢，我好幸福。”

“女人没什么幸福不幸福的。”

“是吗？你这么一说我也觉得是这样，那么男人呢？”

“男人只有不幸。我们时刻都在恐惧中挣扎。”

“我不懂你说的这些，但是，我希望这样的生活永远持续下去。椿屋的大叔、大婶都是非常善良的人。”

“他们都是蠢货，乡下人。而且贪得无厌。他们让我喝酒，目的就是为了赚钱。”

“人家是做生意呀，那不是理所当然的吗。我看不止这些吧？你勾搭过那个老板娘是吗？”

“那是过去的事。老板呢，他觉察到了吗？”

“他好像很清楚呀。他唉声叹气地说过，你又会搞女人又会欠债。”

“我呢，装得煞有介事的，其实特别想死，我一生下来就在琢磨死的事情。为大家着想，我还是死了的好，这是一定的。可是，我怎么都死不了。仿佛有可怕的神灵在阻止我寻死。”

“因为你有工作要做。”

“工作没什么了不起，谈不上杰作也谈不上劣作，别人说好就好，别人说不好就不好，就像呼气和吸气那么自然。这个世界真可怕呀，神灵就在某个地方。神灵是存在的，是吧？”

“嗯？”

“有的吧？”

“我可不知道。”

“是吗？”

在餐馆里干了十天、二十天，我逐渐发现来椿屋喝酒的人没有一个不是罪恶累累，于是我转而觉得自己的丈夫远比他们善良。并且，我开始相信不仅是酒馆里的客人，走在路上的所有人，他们身上也注定隐藏着不为人知的罪恶。身着华丽服饰的五十岁的夫人，来椿屋厨房的门口卖酒，她毫不犹豫地报出一个价格，一升三百日元，这价格比现在的市价便宜，老板娘爽快地把酒全都买了下来，可那是掺了水的假酒。我想，在就连如此高贵的夫人也不得不图谋不轨的世道中，想要清清白白地活着是不可能的。就像玩纸牌游戏那样，收齐红桃即为正分，难道这不能成为这个世界的道德吗？

如果真有神灵的话，请神灵现身吧！在新年一月就要结束的某一天，我被餐馆的客人玷污了。

那天晚上下着雨。丈夫没有出现，在出版社工作的丈夫的老朋友，也就是那位偶尔为我家送些生活费的矢岛先生，和一位与他年龄相仿，看上去和他干同样工作的四十多岁的男人一起来了餐馆，他们边喝酒边半开玩笑地大声争论大谷的家眷在这种地方干活像不像话的问题，我笑着问：

“大谷先生的夫人现在在哪里？”

“我们可不知道她在哪里，至少她比椿屋的阿幸气质高贵，年轻漂亮。”

“我真妒忌了。哪怕只有一晚，我也想和大谷先生共度良宵呢。我喜欢那种坏蛋。”

“你瞧，她就是这种人。”

矢岛先生看了一眼同事，撇了下嘴。

当时，和丈夫一起来酒馆的记者们都已经知道我是诗人大谷的妻子，也有好事者听了那些记者们的传言特意找上门来挑逗，酒馆变得越来越热闹，老板也禁不住喜形于色。

那天晚上，矢岛他们随后又商量了纸张地下交易的事情，离开时已经过了十点。我觉得今晚要下雨，看上去丈夫也不会来了，店里只剩一个客人，于是我开始收拾东西准备回家，我把躺在里屋角落里的孩子抱起来放到背上。

“我又要借把伞了。”

我对老板娘小声说。

“我也带着伞，我送您吧。”

店里仅剩的一位二十五六岁的客人神情严肃地起身道。他身材瘦小，看上去像个工人，是我今晚第一次遇见的客人。

“不劳您费心了，我习惯一个人走路。”

“不行，您家很远，我知道。我也住在小金井附近，我送您吧。大婶，请结账。”

他在店里只喝了三瓶酒，看上去并没有喝醉。

我们一起坐上电车，在小金井下了车，随后撑一把雨伞并排走在漆黑一团的雨中。那位年轻人刚才一直沉默不语，这会儿开始慢慢絮叨起来。

“我认识你们，我是大谷先生诗歌的粉丝。我也在写诗，我想什么时候让大谷先生看看我写的诗。可是我又很怕大谷先生。”

到了家门口。

“谢谢您，店里见。”

“嗯，再见。”

年轻人消失在雨中。

深夜，我被玄关那头的开门声吵醒了，我以为又是烂醉如泥的丈夫回来了，我默不作声地继续睡觉。

“对不起，大谷夫人，对不起。”

我听到了男人的声音。

我起身打开电灯，走到玄关查看，是刚才那位年轻人，他摇晃着身体，两腿几乎站不住。

“夫人，对不起。我回家途中又在摊位上喝了两杯。其实我住在立川，走到车站发现没电车了。夫人，拜托您，留我住一宿吧。被子什么的都不要，让我睡在玄关的地板上就行了。请让我在这儿打个盹吧，明天一大早有了头班电车我就走。如果不下雨的话，也可以睡在这里的遮雨棚下面，可是现在雨下得很大，睡不了人，拜托您了。”

“我丈夫也不在家，您想睡在玄关的地板上就睡吧。”

我说着，取了两个破旧的坐垫回到玄关递给他。

“对不起，啊啊，我喝醉了。”

他痛苦地小声嘀咕，很快倒在了玄关地板上，我回到卧室时，他已经发出了巨大的鼾声。

第二天凌晨，我轻而易举地落入了这位年轻人的手中。

那天我仍然和往常一样背着孩子去酒馆干活。

丈夫坐在中野小酒馆的土间，餐桌上放着盛满酒的酒杯，他独自一人在看报纸。我发现杯子在清晨阳光的照射下显得格外美丽。

“人都不在吗？”

丈夫转过脸来望着我：

“嗯，大叔去进货还没回来，大婶刚才好像还在厨房里，不在吗？”

“昨晚你没来店里？”

“来了，最近见不到椿屋的阿幸我就睡不着。十点多来了，他们说你刚回家。”

“后来呢？”

“我在这里睡了一宿。夜里下起了暴雨。”

“我也在考虑以后是不是就一直住在店里。”

“不错啊，好主意。”

“我就在这里住下。一直租着那房子也没有意义。”

丈夫一言不发地将视线转移到报纸上。

“哎呀，又在骂我，说我是享乐主义的假贵族。这家伙说错了。如果说我是害怕神灵的享乐主义者就对了。阿幸，你看，这篇文章说我是衣冠禽兽。说得不对吧？我现在可以告诉你了，去年年底我从这里拿了五千日元，是想用这笔钱让阿幸和孩子过一个快乐的元旦，很久没有好好过新年了。正因为我不是衣冠禽兽才会那么做。”

我并没有什么好高兴的。

“衣冠禽兽有什么不好，我们只要活着就行了呀。”

我说。

《展望》，昭和二十二年（1947）三月号

阿桑

一

他仿佛灵魂出窍，悄然无声地从玄关跑出门外。我在厨房收拾晚饭后的碗筷，感觉到了身后的微弱动静。我差点打掉手中的盘子，内心孤苦无助，不由自主地叹了一口气。我稍稍直起身体，透过厨房的格子窗向外张望，丈夫正走在那条沿篱笆墙向前延伸的小道上，篱笆墙上缠满弯弯曲曲的南瓜藤。他穿着洗得褪了色的薄布白长衫，腰间系着的细腰带绕了好几圈。他犹如轻轻飘浮在夏日暮色中的幽灵，全然不像这个人世间的生物，背影中流露着万般凄凉。

“爸爸呢？”

在院子里玩耍的七岁长女，边在厨房门口的水桶里洗脚边表情天真地问我。比起母亲，这孩子和父亲更亲近，两人每晚在六张榻榻米的房间里把铺盖铺在一起，睡在一个蚊帐里。

“去寺院了。”

我随口答道。回答了之后，我忽然觉得自己好像说了十分不吉利的话，背上透过一丝凉意。

“去寺院？去干什么？”

“今天不是盂兰盆节[1]吗？所以爸爸去寺院拜菩萨了。”

谎话不可思议地脱口而出。今天实际上是盂兰盆节的第十三天，其他人家的女孩身着漂亮的和服，摆动着长长的袖兜在家门口玩耍。可是我家孩子，像样的和服都在二战中化为灰烬了，盂兰盆节还是和往常一样，穿着劣质的西服。

“是吗？爸爸会早点回来吗？”

“嗯，会不会呢？雅子听话的话，爸爸可能会早点回来。”

我嘴上这么说，可是看那情形，今晚他肯定是夜不归宿了。

雅子走进厨房，随后去了三张榻榻米的房间，在窗边孤独地坐下，望着窗外。

“妈妈，雅子种的豆子开花啦。”

雅子招人怜爱的话语声传入耳朵，我不禁眼中噙满泪水。

“哪个哪个？哎呀，真的。很快就会长很多豆子呢。”

玄关边上有一块面积大约十坪[2]的农田，以前我在那里种过各式各样的蔬菜，生了三个孩子后，我完全顾不上干农活。过去丈夫也时常动手帮忙，最近他变得对家里的事情不闻不

1　盂兰盆节：日本重要的民间节日，每年8月13日至15日举行。——编注

2　日本传统计量单位，1坪约等于3.3平方米。

问。邻居家的农田，被那家的男主人打理得井井有条，长满形形色色的蔬菜，而我家的农田杂草丛生，和隔壁人家相比，让人无地自容。雅子将政府配给的豆子埋了一颗在土里，为它浇水，它意外地萌芽了。对于没有任何玩具的雅子来说，这是唯一让她自豪的财产，去邻居家玩的时候，她就会吹嘘“我家的豆子、我家的豆子”，丝毫不觉得害羞。

一蹶不振、穷困潦倒，不，这在现在的日本，已经不是仅限于我们一家的状况，尤其是住在东京的人，无论在大街小巷见到谁，看上去莫不是无精打采，一蹶不振且步履蹒跚。我家的所有财产也全部毁于战火，一旦需要用钱，便会产生强烈的无助感，但是，和那些事相比，眼下更令我痛苦的是，自己作为人妻活在这个世上。

我丈夫在神田非常有名的某杂志社工作，迄今已有近十个年头。八年前，他通过普通的相亲和我结了婚。当时，东京的出租屋已经在逐渐减少，我们好不容易在中央线沿线的郊外找到了这栋位于田野中央，类似于独门独户的面积狭小的房子，之后在第二次世界大战结束前，我们一直住在这里。

丈夫身体虚弱，虽然逃过了政府征兵和征用，每天平安地前往杂志社工作，但随着战争愈演愈烈，我们生活的这个郊外的城镇，也因为有飞机制造厂，家的附近经常有炸弹从天而降。终于有一天夜里，一颗炸弹落在树林里，我家的厨房、厕所和三张榻榻米的房间被炸得面目全非，亲子一家四口人（当时，除了雅子，长子义太郎也出生了）无法在损坏严重的房屋里居住，因此，我和两个孩子回我娘家青森市避难，丈夫住在半塌房屋里的六张榻榻米的房间，坚持去杂志社上班。

然而，疏散到青森市不满四个月的时间，青森市反倒遭遇了空袭，城市毁于一旦，经过千辛万苦搬运到青森市的行李也全部付之一炬。我们衣衫褴褛地投奔青森市内房子没有被焚毁的朋友家，每天惊慌失措地过着地狱般的生活。在朋友家借住了十天左右，日本无条件投降，我惦记东京的丈夫，带着两个孩子，几乎一身乞丐装束地返回东京。我们也没有可以搬去居住的地方，于是，请木匠大致修理了一下房屋，好歹又过上了亲子四人的团聚生活。正当我觉得稍稍喘过一口气来时，我丈夫那头又发生了变故。

杂志社深受战火影响，加上杂志社董事之间为资本斗得不可开交，乃至杂志社解散，丈夫一夜之间成了失业者。好在他在杂志社工作了很长时间，在这方面积累了不少人脉，他和其中几位看上去颇有财力的人一起出资，重新成立了一家出版社，好像出版了两三个种类的书籍。可是，也由于纸张采购方面的问题，该出版社的事业遭受了重创，丈夫债台高筑。为了处理后事，丈夫几乎每天一大早出门，晚上拖着疲惫的身体回家。他以前就是个性格内向的人，从那时起他更是变得每天脸色紧绷，少言寡语。他最终勉强挽回了出版社的损失，可是自那以后，他似乎彻底丧失了对工作的热情。不过，丈夫也不是一整天待在家里。他有时靠在套廊上，边抽烟边想着什么，似乎视线一直望着遥远的地平线。啊啊，又开始了，正当我替他捏着一把汗时，他果然心事重重地长叹一口气，随手把烟头扔在院子里，从写字台抽屉里取出钱包放入怀中，随即像丢了灵魂似的迈着悄然无声的脚步，从玄关倏地蹿出门去，当天晚上八成不会回家。

他曾经是一个好丈夫，温柔的丈夫。酒量基本上是一合清酒、一瓶啤酒的样子，虽然抽烟，也只到配给烟就能满足的那种程度。我们结婚将近十年，他从未对我动过手，也没有用污言秽语责骂过我。只有一次，丈夫在家里招待客人，当时雅子三岁左右，她爬到客人跟前，打翻了客人的茶壶，丈夫可能叫过我，可我正在厨房扇着炉子里的火没有听见。只有那一次，丈夫抱着雅子，怒气冲冲地走进厨房，他把雅子放在铺着地板的房间，横眉怒目地注视着我，一动不动地站了片刻，一言不发，随即猛地转过身去，返回房间。“哐——”仿佛震碎我骨髓的尖厉响声传入耳朵，他拉上了房间的隔扇，我被男人的粗鲁吓得浑身发抖。关于丈夫发火的记忆，真的只有这么一次。在这次战争中，我经历了众多常人都会经历的苦难，可是，如果说起丈夫的温柔，我想说，过去的八年我过得十分幸福。

（丈夫变成了一个奇怪的人。他究竟是什么时候变成这样的？我从疏散地青森市回来，时隔四个月与丈夫重逢时，丈夫笑得有些低三下四，他好像在回避我的视线，态度忐忑不安，我只是把这些理解为难挨的独居生活造成的心力交瘁。我虽然心如刀割，可是一想到那四个月，啊啊，不能想下去，我越想就在痛苦的泥潭里陷得越深。）

我把终究是夜不归宿的丈夫的铺盖铺在雅子铺盖的边上，然后挂上蚊帐，内心充满凄凉和痛苦。

二

第二天午饭前不久，我在玄关旁的井边洗今年春天出生的次女敏子的尿布，丈夫用干坏事后羞于见人一般的表情注视着我，默默地轻轻点了点头，佝偻着身体，趺趺撞撞地走进了玄关。他竟然不由自主地对着身为妻子的我行礼，我立刻想到，啊啊，丈夫心里一定也很痛苦，怜悯之心油然而生，我无法继续洗尿布，起身追着丈夫进了家门。

“很热吧？要不就脱了吧？今天上午送来了盂兰盆节的特供物资，给了两瓶啤酒。我已经冰上了，您要喝吗？”

丈夫显得十分小心翼翼，怯生生地笑着说：

“那可了不得。”

就连他的声音听上去都是嘶哑的。

“和孩子他妈一人喝一瓶吧。”

他甚至说起了巴结我的话，低级的表演一眼就能识破。

“我陪您喝。”

我去世的父亲酷爱喝酒，可能因为这一缘故，我的酒量甚至超过丈夫。刚结婚那段时间，我和丈夫两人在新宿逛街，进了一家关东煮餐馆，一杯酒下肚，丈夫马上满脸通红，脑袋发晕，而我怎么喝都若无其事，只是不明情由地觉得有些耳鸣。

三张榻榻米的房间里，孩子们在吃饭，丈夫光着膀子，把弄湿的毛巾披在肩膀上，由于啤酒难得，我只陪他喝了一杯，抱起二女儿敏子喂她吃奶。表面上是其乐融融的一家团聚的场景，事实上气氛十分尴尬，丈夫始终回避我的视线。我也不得不小心翼翼地选择不会刺痛丈夫的话题，长女雅子和长子义太郎似乎也敏感地注意到了父母拘谨的神情，非常安静地吃着代替正餐的鸡蛋糕蘸加了糖精的红茶。

“中午喝酒果然上头。”

“哎呀，真的，全身都红了。”

此时，我不经意地瞅见了那个印记。丈夫的下颚底下趴着一只紫色的蛾子，不，不是蛾子。我记得刚结婚时我也见过那东西。我见到那个蛾状的印记时吃了一惊，与此同时，丈夫似乎也觉察我发现了那东西，急忙抓住披在肩上的湿毛巾一角，笨拙地盖住那个被牙齿咬过的印记。我一开始就明白，他把湿毛巾披在肩上就是为了掩盖那个蛾状的印记，但是，我竭力装作没有发现任何东西。

“雅子和爸爸在一起，鸡蛋糕吃得都比平时香呢。”

我开玩笑地说，可是，这话听上去又像是在讽刺丈夫，反而让人觉得分外扫兴。正当我的痛苦快达到极点时，身边的收音机里倏忽响起了法国国歌，丈夫竖起耳朵倾听。

“啊啊，我想起来了，今天是巴黎节。”

他仿佛在自言自语，露出了一丝笑容，接着，他像是对雅子又像是对我说：

“七月十四号，那天是革命……”

他说了半句忽然停下来，我一看，丈夫歪着嘴，眼眶里含着泪花，脸上是极力克制自己哭出来的表情。之后，他几乎带着哭腔说：

“攻克了巴士底监狱，各地民众揭竿而起，从此，危楼春日赏花宴[1]，在法国永远，是永远，永远消失了。但是，必须彻底摧毁这一切。就算明知不可能重建新秩序、新道德，也必须摧毁这一切。也许革命永远不会成功，可是，我们必须掀起革命。革命的本质就是这样的，它是悲伤的，美丽的，虽然我们不知道革命会带来什么，可是那种悲伤，美丽，还有爱……”

法国国歌还在继续，丈夫边说边哭，他表情羞涩地勉强自己嘿嘿笑起来。

“瞧，爸爸这酒品，喝醉了就哭。”

他说着背过身子起身，去厨房用水洗脸，他边洗边说：

“我好像撑不住了，醉得不行。法国革命把自己说哭了。

1　该诗句出自著名诗人土井晚翠作词、著名音乐家泷濂太郎作曲的童谣《荒城之月》。

我去躺一会儿。”

说完，他去了六张榻榻米的房间，安静了下来。毫无疑问，想必他强忍着痛苦，一个人暗自落泪。

丈夫并不是为革命恸哭。不过，法国发生的那场革命或许和家庭内部的爱情大同小异，它们既悲伤又美丽，无论是法国的浪漫王朝，还是和睦的家庭都不得不加以摧毁，我十分理解这种受到摧毁的痛苦，以及丈夫的痛苦，可是，我也的确深爱着丈夫，虽然我不是过去那个纸屋治兵卫的阿桑[1]。

妻子的怀里
住着一个魔鬼
啊啊
还是住着一条蛇

革命思想和破坏思想，都带着事不关己的神情从悲伤的叹息中穿行而过，唯有妻子独自留在原地，始终在同一个地方，以同样的姿态，无休止地长吁短叹。这究竟是为什么？难道妻子只能听凭命运的安排，祈祷丈夫回心转意，忍受眼前的一切吗？我们有三个孩子。事到如今，为了孩子，我也无法和丈夫分手。

1　即近松门左卫门的净琉璃名作《心中天的网岛》中的妻子阿桑。阿桑和经营纸张店的丈夫治兵卫育有两子。丈夫和妓女小春相爱殉情，阿桑出家成为尼僧。

在外连续两天夜不归宿之后，丈夫也会回自己家过上一夜。吃完晚饭后，丈夫和孩子们在套廊上玩耍，他甚至在孩子面前，也说着那些听上去低三下四的话。他笨手笨脚地抱起今年刚出生的小女儿。

“肉鼓鼓的，是个美女啊。”

他夸奖道。我假装不经意地说：

“可爱吧？看着孩子们，不想活得更长一些吗？”

听我这么一说，丈夫的表情突然变得很奇怪。

“嗯。”

他回答的语气似乎很痛苦，我吃了一惊，身上冒出了冷汗。

在家里睡觉的话，丈夫八点左右就已经在六张榻榻米的房间里铺好了自己和雅子的被褥，挂上蚊帐，强行脱掉还想和爸爸玩一会儿的雅子身上的衣服，为她换上睡衣，吩咐她躺下。他自己也跟着躺下，关灯，之后便没了动静。

我在隔壁四张榻榻米的房间照顾长子和小女儿睡下后，开始干针线活，直到十一点左右。之后，我挂起蚊帐，在长子和二女儿中间躺下，和他们排成“小”字形，而不是“川”字。

我睡不着。隔壁房间的丈夫似乎也睡不着，我听见了他的叹息声，我也不由自主地叹了一口气。我又想起阿桑唱的那首悲伤的歌曲。

住着一个魔鬼

啊啊

还是住着一条蛇。

丈夫起身来到我的房间，我的身体变得僵硬起来。丈夫说：

“家里有没有安眠药？”

“有是有，我昨晚吃了，一点儿都不管用。”

“喝多了反而不起作用。六粒安眠药刚好。”

他的声音听上去很不愉快。

三

每天，每天，酷暑在持续。天气炎热加上对今后生活的担忧，我吃不下饭，颧骨开始突起，喂孩子的奶水也变少了。丈夫看上去也毫无食欲，眼窝深陷下去，眼神闪着异样的光芒。有时，他发出“嘿嘿”自嘲的笑声。

“人干脆疯了，也就轻松下来了。”

他说。

“我也这么想。”

“品行端正的人没有痛苦。我有时候真的非常佩服。你们这些人，为什么那么认真，那么正经。命中注定能在这个世界上完美度过一生的人和不是这样的人，难道不是一开始就泾渭分明的吗？”

“不是，我是个感觉非常迟钝的人。只是……”

“只是？”

丈夫宛如真的发了疯似的，用奇怪的眼神注视着我。我开始结巴。啊啊，说不出口，具体的事情太可怕了，我说不出口。

“只是，您看上去很痛苦，所以我也痛苦。”

“什么啊，真无趣。”

丈夫似乎安下心来，笑着说道。

此时，我忽然感觉到了已经久违了的清新怡人的幸福感。（原来如此，让丈夫的心情变得轻松起来，我的心情也变得轻松了。没什么道不道德的，心情愉悦比什么都强。）

那天入夜后，我钻进了丈夫的蚊帐。

“没事，没事，我什么都没想呀。”

我说着，躺下，丈夫嗓门嘶哑地半开玩笑说：

“Excuse me?”

他起身盘腿坐下。

“Don't mind! Don't mind!”

那天恰好是月圆之夜，夏日的月光透过套窗上的破洞变成四五条银线射进蚊帐，照在丈夫消瘦的裸胸上。

“您瘦多了。”

我也笑着，半开玩笑地说着坐了起来。

“你不也瘦了。你担心得太多了，所以会这样。”

“不是，我不是已经说了吗，我什么都没想呀。好啦，我很乖巧的。只是有时候希望您疼我。”

我说着笑了起来，丈夫也笑了，月光下露出一口洁白的牙齿。我家乡的祖父母在我很小的时候便去世了，他们夫妻吵架是家常便饭，每当吵架时祖母就会对祖父说，请您多疼疼我。我小时候觉得这很好玩，结婚之后也把这件事告诉了丈夫，两人一起开怀大笑。

每当这种时候，我说那样的话，丈夫也会笑起来，但是，他马上会变得一脸严肃。

“我本意是想好好疼你，不让你吃苦受累，珍惜你。你真的是一个好人。你不要担心那些捕风捉影的事情，拿出你的自负，安心生活就好。我心里只有你。对这一点，无论你拿出多大的自信都不为过。”

他一本正经得出奇，说着枯燥乏味的话，我不好意思地说：

“可是，您变了。”

我低着头，说话声音很轻。

（我不如干脆被您无视，被您讨厌，被您厌恶，那反倒让我心情放松，没有压力。您那么珍惜我，怀里却抱着别人的身体，这让我跌入了万丈深渊。

男人总是以为，时刻挂念发妻便是有道德的，这难道不是一种误会吗？他们是不是觉得，即便喜欢上了别的女人也不忘记自己的妻子，是天大的美德，是有良心的善举，是必须恪守的准则？他们一旦开始爱上其他女人，便在妻子面前表现得郁郁寡欢，长吁短叹，开始陷入道德的烦忧，妻子也因此被丈夫的抑郁情绪所传染，也开始唉声叹气。如果丈夫表现得若无其事，心情快乐，那么妻子也就不会产生陷入地狱般的情绪。如果你爱别人的话，那就请你彻底忘记妻子，一心一意地去爱那个人。）

丈夫有气无力地笑道：

“我怎么可能变了。没有变。只是最近天气太热。我热得难以忍受。夏天，Excuse me。”

我无计可施，也笑了一下。

“可恶。”

我说着，学丈夫的样，倏地钻出了蚊帐，回到自己的房间。我钻进蚊帐，插在长子和二女儿中间，和他们睡成一个“小”字形。

能对丈夫撒娇、说笑到这种程度，我就心满意足了，觉得心中的芥蒂也稍微消除了一些，那天晚上，我一反常态地一夜睡到天亮而没有失眠。

我决定改变想法，从今往后我要以这种状态轻松地对丈夫撒娇，开玩笑，装装糊涂也没关系，没有一个正经的态度也没关系，管他什么道不道德，哪怕只有那么一点微不足道的时间，微不足道的片刻，我想过上轻松的生活，无论一小时还是两小时，只要过得开心就好。我变得时常在丈夫身上拧一把，逗得全家哄堂大笑。正当我刚刚进入这种状态，有天清晨，丈夫忽然提出想去泡温泉。

“我头痛得厉害，应该是中暑了吧。信州的那个温泉，我有熟人住在附近，他说过我随时可以去，去的时候也不用带礼物。我想去休息两三个礼拜。再这么下去我要发疯了。总之，我想逃离东京。”

我寻思，他难道是想外出旅行逃离那个人吗？

“您不在家的话，来了持枪的盗贼怎么办？”

我笑着说（啊啊，悲伤的人总是面带笑容）。

“你就告诉小偷，我丈夫是疯子。持枪的盗贼也怕疯子。”

我也没有反对他外出旅行的理由，于是我打算从壁橱里取出丈夫外出穿的棉麻夏服，可是我翻遍了壁橱也没找到。

我心情不悦地问：

“没有啊。怎么回事，难道家里来过贼了？”

“我卖了。”

丈夫脸上露出哭一般的笑容说。

我心里一紧，但还是装得若无其事地说：

“手脚真快。”

“这一点比盗贼厉害。”

我想，他一定瞒着我，为那个女人的什么事需要花钱。

“那您准备穿什么？”

“一件翻领衬衣就行了。”

他一大早说的事，等到午饭的时候已经准备出发了。他看上去迫不及待地想离家外出，可是持续酷暑的东京当天罕见地下起了暴雨，丈夫身背行囊，穿上鞋子，坐在玄关的台阶上，双眉紧皱，颇不耐烦地等待暴雨停下来。他忽然开口。

“百日红隔年开一次花吗？”

他嘟哝道。

玄关前的百日红今年没有开花。

“可能是吧。”

我也心不在焉地回答。

这是我和丈夫最后一次夫妻间的亲密对话。

雨停了，丈夫像逃跑一样匆匆跑出家门，三天后，那个诹访湖殉情自杀事件登上了报纸的一小块版面。

之后，我收到了丈夫从诹访的旅馆寄出的信件。

我和这个女人一起自杀并不是为了殉情。我是一个记者。记者鼓动他人革命，伺机破坏，而自己却总是从现场巧妙脱身，擦干身上的汗水，真是奇怪透顶的生物，是现代的恶魔。我再也无法忍受这样子的自我厌恶了，我决定自己爬上革命家的十字架。记者的丑闻，难道不是没有先例吗？我的死，倘若能让现代恶魔们感到哪怕有一点点的脸红，有助于引起他们反省的话，我也将欣喜若狂。

云云。信中写了一些毫无意义的蠢话。男人，难道临死前还要如此装腔作势地执着于意义，虚张声势地满口胡言说大话吗？

我从丈夫的朋友那里了解到，那个女人是丈夫以前在神田的杂志社工作时的女记者，二十八岁，我疏散去青森市那一阶段，她经常来我家里住宿，据说怀孕了。就是这么一件不起眼的事情，非要小题大做，号称什么革命，最后走到寻死这一步，这让我觉得，我丈夫是个没有出息的人。

革命是为了让人快乐地生活，我不相信那些一脸悲壮的革命家。丈夫为什么不能更加堂堂正正、轻松愉快地去爱那个女人，爱到让身为妻子的我也能感到轻松愉快？虽然地狱般的恋情也带给了当事人无与伦比的痛苦，但它首先让别人卷入了不堪其扰的旋涡。

能轻快地改变心情，这才是真正的革命，如果能做到这一点，则不存在任何难题。他根本无法改变自己对妻子的心意，革命的十字架亦沉重不堪，当我带着三个孩子坐在前往诹访认领丈夫尸体的列车上，较之悲伤和愤怒，丈夫令人震惊的荒诞行为让我沉浸在痛苦的煎熬中。

《改造》，昭和二十二年（1947）年十月号

好客的夫人

夫人生性热情好客，喜欢招待客人。不过，我倒是想说，与其说她好客，不如说她怕生。玄关那头的门铃一响，我先去接洽，然后去夫人房间通报来访者的名字，此时，夫人已经仿若闻听老鹰振翅的动静后打算起飞前那一瞬间的小鸟，一脸紧张地用手往上拢一拢两鬓的头发，整好衣襟，抬起屁股，在我的话还没有说到一半时已经起身，迈着小碎步跑进走廊，走到玄关，很快便听到她用匪夷所思的似笑非笑、似哭非哭的笛鸣般的嗓音迎接客人，转眼她又恰似神经已经错乱，眼神一变，飞快往返于客厅和厨房之间，不是打翻锅子就是打碎盘子，冲着我这个女佣不停赔礼道歉："对不起，对不起。"客人离开后，她筋疲力尽地独自一人瘫坐在客厅里，既不收拾也不做任何事，甚至偶尔在那里落泪。

这家的男主人好像是在位于本乡的大学工作的老师。据说男主人出身于富人家庭，而且，夫人的娘家也是福岛县一带的地主，可能因为没有孩子的缘故，夫妻两人完全没有经历过生儿育女的艰辛，所以都有些不谙世事。我来这家做帮佣，还是战争正进行得如火如荼的四年前，半年后，本来隶属第二国民兵[1]的身体纤弱的男主人突然应征入伍，不久，运气极差地被派往南洋某地的岛屿。很快战争结束，可是丈夫杳无音信，当时部队长官给夫人寄来了一张内容十分简单的明信片，上面写着：或许您还是放弃等待为好。从此，夫人开始近似疯狂地招待客人，可怜的模样让人看不下去。

直到筐岛先生出现在这个家之前，夫人的交际范围也仅限于丈夫的亲戚和自己的娘家人，即便丈夫远赴南洋的海岛，娘家也给她汇来了足够的生活费，太太的生活过得相对轻松、安逸，换言之，品味高雅。然而，自从筐岛先生出现后，她的生活便变成了一团乱麻。

虽然这里无疑地处东京的郊外，但是距离东京都的中心城区相对较近，幸运的是，这里避免了战火波及。东京都中心城区遭受空袭的人，犹如洪水一般涌进周边地区，漫步在商业街上，擦身而过的行人全都变成了不熟悉的面孔。

大概是去年年底的事情，夫人在市场上偶遇了约有十年未见的丈夫的朋友筐岛先生，她请他来自己家里，这是她败光好运的开始。

筐岛先生和这家的男主人年龄相仿，四十岁左右，听说也是丈夫工作的本乡某大学的老师。不过，这家的男主人是文学

1 征兵体检中因体格或健康原因被判断为不适合现役的人征为第二国民兵，主要从事后方支援工作。

士，而笹岛先生是医学士，两人竟然还是中学同级生。这家男主人在搬来现在的房子居住之前，和夫人在驹込的公寓里小住了一段时间，当时笹岛先生是单身，住在同一个公寓里，虽然时间短暂，但彼此成了好友。搬来这里以后，可能也有研究领域不同等方面的原因，双方便不再去对方家里走动，交往就此终止。自那以后，十几年的时间过去了，据说一次偶然的机会，笹岛先生在我们街道的市场上见到了夫人的身影，他主动开口打招呼。有人招呼自己，夫人原本只需回礼后离开，可是，她按捺不住热情好客的本性，尽管她并不想说“我家就在附近，去我家坐坐吧，不用客气”等诸如此类的话把客人请回家中，可是怕生的性格反而使她血往头上冲，好像在她的极力挽留下，笹岛先生以斗篷加购物篮的奇怪装束走进了这里的家门。

“哎呀，这房子真气派。你们逃过了空袭，运气太好了。没有租客吗？这也太奢侈了吧。本来这种只有女人的家庭，而且房屋收拾得这么干净，反而让人想要搬来一起住。合住的话大概有些局促。不过，我真没想到夫人就住在附近。我只听说府上在M町，可人就是会犯糊涂，我搬到这里已经差不多一年时间了，完全没有注意到府上的名牌。我经常从府上门口经过，去市场上买东西时必定会走这条道。说起来，这次战争我也损失惨重。我刚结婚就应征入伍，好不容易回来了，房子已经烧得片瓦不留，老婆带着我不在家时出生的儿子疏散回了千叶县的娘家，我想让他们搬回东京，可是没有住处，这就是我的现状。没办法，我只能一个人借了那边杂货店后面的三张榻榻米的房间，自己煮饭过日子。今晚本来打算做砂锅鸡，也难得地喝上两杯，所以提着这只购物篮在市场上转悠。我已经破罐子破摔了，日子过成今天这种样子，我自己都不知道是活着还是死了。”

他毫不顾忌地盘腿坐在客厅里，喋喋不休絮叨自己的事。

“真是让人心碎。”

夫人说着，此刻她那血上头后招待客人的毛病又开始犯了。她眼神一变，迈着小碎步跑进厨房。

“阿梅，对不起。”

她边向我道歉边吩咐我备料做砂锅鸡，准备酒，随后又转过身子飞快跑向客厅，还没等我反应过来，她又重新跑回厨房，在炉子上点上火。她的这种兴奋、紧张、手忙脚乱的模样并不招人怜爱，反倒令人生厌。

笹岛先生也是一副厚颜无耻的嘴脸。

“哎呀，要做砂锅鸡吗？不好意思，夫人，我做砂锅鸡，是必须加上魔芋丝的，麻烦您了，顺便加些烤豆腐，那就更美味了。只放小葱的话，味道不能保证。”

他大声说着，夫人每每不等他全部说完便匆匆跑来厨房。

“阿梅，对不起。”

她脸上带着说不出是害羞还是想哭的婴儿似的表情吩

咐我。

笹岛先生声称用酒盅喝酒太麻烦，于是他用茶杯咕嘟咕嘟喝得酩酊大醉。

“这样子啊，你先生也生死未卜啊，哎呀，到了这份儿上，十有八九已经死在战场上了。没办法。我说夫人，不幸的人不止你一个啊。”

他非常随意地给人下了定论。

“还有我，夫人。”

他又开始唠叨自己的事情。

“我无家可归，和最爱的妻儿天各一方，房子家产烧没了，衣服烧没了，被子烧没了，蚊帐烧没了，我一无所有。夫人，我在租下那家杂货店后面的三张榻榻米房间之前，就睡在大学医院的走廊上啊。我这个当医生的，比病人过得更惨，还不如干脆变成病人。我生不如死，太惨了。夫人，您是走运的。”

“是啊，说得是啊。”

夫人急忙附和道。

“我也这么想。说实话，我觉得和别人相比，自己真是太幸福了。”

“您说得不错，说得不错。下次我带朋友来，大家同病相怜，也都需要帮助。”

夫人高兴得笑了起来。

“那可不。”

她说。随后她低声道：

“我很荣幸。”

那天以后，我们的家就乱成了一锅粥。

原来笹岛先生说的并不是酒后戏言，过了四五天，他真的恬不知耻地带来了三个朋友。他说，今天医院举办了忘年会，今晚我们就在府上举行二次酒会，夫人，让我们从现在开始，尽情喝个通宵吧。最近很难找到适合举办二次酒会的家庭，正在犯愁呢。好了，各位，不用客气，都给我进来，给我进来。客厅在这儿。穿着外套就行了，冷得受不了……他就像在自己家里那样手舞足蹈地发着指令。他那些朋友中还有一位女士，貌似是护士，他也毫无顾忌地和那位女士打情骂俏。面对战战兢兢，一味强颜欢笑的夫人，他就像使唤用人似的吩咐她前后张罗。

“夫人，不好意思，请把这张矮脚桌点上火吧。还有，请准备酒，就像上次一样。没有清酒的话，烧酒或者威士忌也没有关系。另外，吃的东西，啊，对了对了，夫人，今天我们带来了好礼物，请夫人吃烤鳗鱼。天寒地冻的时候就该吃这个。请夫人吃一串，我们几个人吃一串。还有，有人带苹果了吧？别小气，送给夫人吧，听说是印度苹果，香气十足。”

我去客厅送茶，不知道是谁的口袋里掉出了一个小苹果，咕噜噜地滚到我脚边，我恨不得一脚把苹果踹飞。只有一个，居然被他厚颜无耻地吹嘘成了礼物。还有烤鳗鱼，我后来才见到，薄薄的一片，水分已经蒸发掉了一半，简直就是鱼干，真的让人啼笑皆非。

那天夜里他们一直折腾到凌晨，夫人也被灌了不少酒，到了东方露出鱼肚白，众人才将矮脚桌围在中央挤成一团躺下，夫人也在他们的纠缠下，硬生生地挤在中间过了一宿，想必一夜没有合眼。其他人呼噜呼噜睡到中午。他们一睁眼吃了茶泡饭，酒大概也醒了，行为举止稍微收敛了一些，尤其是在我面前。由于我露骨地表现出了极度不满，所以众人不约而同地回避我的视线。没过多久，他们一个个像咽了气的死鱼那样无精打采地离开了。

“夫人，您为什么和那些人挤在一起？我讨厌这种事，不成体统。”

“真的不好意思，我拒绝不了。”

夫人因睡眠不足而满脸倦容，脸色苍白，眼眶里甚至闪着泪花，听她这么说，我也不好再说什么了。

不久，饿狼们的来袭变得更加频繁，这个家似乎成了笹岛先生朋友们的宿舍。笹岛先生不在时，笹岛先生的朋友们也会来住宿。每当他们出现，夫人就会听从他们的安排，和他们挤在一起睡觉，也只有夫人一个人整夜无法合眼。她原本就身体虚弱，最终发展到了只要没有客人来打扰，她就总是在睡觉的地步。

“夫人，您瘦了很多。您就别再去搭理那些客人了。”

“对不起，我做不到啊。他们都是不幸的人，对吗？来我家玩是他们唯一的乐趣，你说是吧？”

不可理喻。现在，夫人的财产也已经变得不容乐观，这么下去的话，过不了半年她就会陷入不得不卖掉这栋房产的绝境，可是，她丝毫不在客人面前透露这种担心。另外，夫人的身体状况也变得越来越糟糕，可是一旦有客人上门，她便立刻起身，迅速打扮整齐，迈着小碎步跑进玄关，随即用她匪夷所思的似笑非笑、似哭非哭的笛鸣般的嗓音欢快地迎接客人。

下面这件事发生在初春的夜晚。家里照例来了一帮喝得醉醺醺的客人。我建议夫人，反正他们又要喝个通宵，我们不如赶快吃点东西垫饱肚子，于是，我们两人在厨房里吃了代替正餐的鸡蛋糕。夫人总是用最可口的饭菜招待客人，她自己一个人的餐食，通常都是吃些点心对付过去。

此时，客厅那头传来了醉酒客人猥琐的哄笑声，紧接着是人的说话声：

“不，不，不是这样的。我发现你们俩才可疑呢。那个大婶对你……”那人用医学术语说着无礼且不堪入耳的脏话。

接下来我听到了好像是年轻的今井老师回答的声音。

“你说什么呀。我可不是来这里谈情说爱的，我只把这里当成宿舍。”

我一下子怒火中烧，脸色都变了。

昏暗的灯光下，默默吃着鸡蛋糕的夫人，此刻眼中泛起了泪光。我觉得她太可怜了，竟一时说不出话来。夫人低着头小声说道：

“阿梅，不好意思，明天一早请烧好洗澡水，今井老师喜欢早上洗澡。”

我见到夫人露出委屈的表情几乎只有这一次，随后她好像什么事都没发生过一样，对客人示以夸张的和蔼可亲的笑脸，在客厅和厨房之间来回奔忙。

我非常清楚，夫人的身体越来越虚弱，可是她在客人面前从来不流露出半点疲惫的神色，因此，虽然那些客人看似都是出色的医生，但是没有一个人察觉到夫人糟糕的身体状况。

春天的某个宁静的清晨。那天一大早，幸好没有在家里过夜的客人，我悠闲地在井边洗衣服，忽然发现夫人光着脚，摇晃着身体走进院子，随即在棠棣花盛开的围墙边蹲下，吐了一地血。我惊叫起来，从井边跑过去，从后面抱住她，将她背回了房间。我让她安静躺下后，边哭边对夫人说：

“所以啊，所以我特别讨厌那些客人。您身体都成这样了，那些客人可全都是医生啊，如果他们不把您治好，还您健康的身体，我可饶不了他们。”

“不行，你不能把这件事告诉那些客人，客人会觉得是他们的责任，会难过的。”

“可是夫人，您身体这么差，今后打算怎么办？还是要和过去一样起床招待客人吗？万一您和他们睡在一起的时候吐血了呢，洋相就出大啦。”

夫人闭着眼睛，思考了片刻。

“我想回一趟娘家。阿梅留在家里，有客人的话就让他们住下。那些人没有家可以让他们好好休息。还有，不要告诉他们我生病的消息。”

夫人说着，露出了温柔的笑容。

当天，我一边祈祷不要再有客人上门，一边开始收拾行李，我觉得自己应该护送夫人回她在福岛的娘家，于是，我买好了两张火车票。第三天，夫人的体力也恢复到了一定程度，幸好没有客人来，我犹如外出逃难似的催促夫人，关好窗户、房门，走进玄关。

南无阿弥陀佛！

笹岛先生大白天便醉意朦胧地带着两个看上去像护士模样的年轻女人上门来了。

“呀，这是要出门吗？”

“不出门了，没关系。阿梅，不好意思，把客厅的窗户打开。您请进，没关系。”

她又用匪夷所思的似笑非笑、似哭非哭的笛鸣般的嗓音和年轻女人打了招呼，仿佛高丽鼠一般，开始前后忙碌地招待客人。我在夫人的吩咐下出门去了市场，我打开夫人匆忙中误当成钱包交给我的旅行手提袋准备取钱时，看到夫人的车票撕成了两瓣儿，我大吃一惊。我想，这一定是夫人在玄关遇见笹岛先生的瞬间偷偷撕碎的，我不禁对夫人深不可测的善良目瞪口呆，同时，我觉得她让我平生第一次明白了一个道理，即人身上有着完全不同于其他动物的高贵品质。我从腰带里取出我的那张车票，轻轻撕成两瓣儿。我打算在这个市场买一些更美味的食品回家，于是，我继续在市场上物色开了。

《光》，昭和二十三年（1948）一月号

卷三

思想芦苇

苦恼的年鉴

我觉得时代丝毫没有变，这是一种荒谬的感觉。这种感觉或许可称为“狐狸骑在马背上”。

现在，我想起自己被人称作处女作的《追忆》，这部上百页纸的小说开头是这么写的：

> 黄昏，我和姑母并排站在门口。姑母身上好像背着人，穿着背孩子的布兜。我始终没有忘记当时昏暗街道上幽静的氛围。姑母告诉我，天使隐身了，她又补充了一句：“他是人间神明。”我好像也饶有兴趣地喃喃自语道“人间神明”。接着，我好像又说了什么失敬的话，姑母训斥我，这种事是不能说的，必须说天使隐身了。天使隐身去了哪里？虽然我心知肚明，可我故意这么问姑母，逗她笑了起来，我记得这些事。

这是我对明治天皇驾崩时的回忆。我出生于明治四十二年[1]的夏天，当时应该是虚岁四岁。

在标题为“追忆”的小说中我还写了下面这件事。

我在“假如战争爆发”这篇命题作文中写道，假如发生了比地震、打雷、火灾、父亲更为可怕的战争，我第一件事就是跑进山中避难，逃跑的时候我会叫上老师，老师是人，我也是人，对战争的恐惧一定是相同的。当时，校长和副训导两人一起找我谈话。他们问我：“你是出于什么动机这么写的？”我随口胡编了一个理由，我说：“一半是因为好玩儿才这么写的。”副训导在他的笔记本上写下了“好奇心”三个字。接着我和副训导开始了小小的争论。他问我：“你写了‘老师是人，我也是人’，人这种生物都是一样的吗？”我扭扭捏捏地回答：“我觉得是。”我原本就是一个不爱说话的人。他又问我：“那么，我和这位校长同样是人，为什么我们的薪水不一样？”我稍微考虑了一下，答道：“这不是因为工作不同吗？”戴着铁架眼镜、脸型瘦长的副训导马上把我的话记录在他的笔记本上。我对这位老师一直很有好感。接着，他又问了我一个问题。你父亲和我们是一样的人吗？这个问题难倒我了，我回答不了。

1 即公元1909年。明治始于1868年。为保留原著风格，本译著保留了原文中的日本年号，并仅在第一次出现明治年号时标注公元年份。

这件事发生在我十岁或十一岁，也就是大正七八年，距离现在已经是将近三十年前的事了。

后来还发生了一件事。

> 上小学四五年级的时候，我从家里最小的哥哥那里听说了民主这种思想，我甚至听到母亲对客人们说，因为民主，税收明显大幅度提高了，种的粮食几乎全部用来缴税了，因此，我害怕这一思想，感到惶惶不可终日。于是，夏天我在院子里帮男佣们锄草，冬天我也出力铲除屋顶上的积雪，并且将民主思想告诉了男佣们。不久我才知道，那些男佣对我帮忙干活这件事并不感到高兴。我锄过草的地方，似乎他们过后还必须重新锄一次。

这件事也同样发生在大正七八年前后。

回头来看，我发现三十年前甚至渗透到日本本州北部贫寒乡村里的一介孩童头脑中的思想，和现在，即昭和二十一年的报纸杂志上歌颂的“新思想”并没什么不同。我只想说这简直荒谬至极。

大正七八年的社会形态是什么样的，后来出现的民主主义思潮在日本又是一种什么状况，对于这些问题，只要翻阅一下相应的文献便可找到答案，但是，现在公布答案并不是我撰写这篇手记的目的。我是一个市井作家，我所讲的故事，通常仅停留在我这个渺小的个人史的范围内。可能有人对此感到不耐烦，有人骂我懒惰，有人笑我鄙俗，然而，对于后世，研究我们所处的这个时代的思潮，比起所谓的“历史学家”们撰写的著作，我们持之以恒写下的诸如对个人生活片断的描述，或许更能提供有益的帮助。那是不可小看的东西。因此，我不被形形色色的社会思想家们的研究和结论所束缚，打算在这里写下我个人的思想历史。

拜读“思想家”们撰写的“我为什么成了某某主义者”等思想发展回忆录或宣言书，我觉得他们真是矫揉造作。他们成为某某主义者似乎必须存在一个转机。而且，这种转机大抵富有戏剧性，能打动人心。

我不得不认为其中充满谎言。虽然我苦苦挣扎，希望自己相信这些东西，然而我的感觉却令我无法屈从。事实上，我对那种戏剧性的转机充满厌恶，起一身鸡皮疙瘩。

我觉得那只是一种拙劣的牵强附会。因此，在撰写自己的思想发展史之际，我想尽量避免那种不言而喻的牵强附会。

我甚至对“思想”一词颇为抵触，何况要写自己的“思想发展史”，情绪不免变得更加焦虑，觉得自己简直像要猴一样滑稽。

我不如干脆挑明。

“我没有思想。只有喜欢和不喜欢。”

下面，我只想用片断式的方法记录下难以忘却的事实。那些思想家们，为了将生活的各个片断串联起来，他们费尽心机，通过谎话装傻充愣地进行解释；而庸俗的人们，也无法看破那些填入间隙中的恶性的虚伪解释，一副欣喜若狂的样子，庸人们的赞美与喝彩声基本上就是在那种状况下响成一片。这让我感到万分焦虑。

“那么，”庸人们问，“你小时候的民主，后来发展成什么样了呢？”

我一脸茫然地回答：

“嘿，发展成什么样了呢，我也不知道。”

×

我的家庭出身并不值得夸耀，不知从什么地方流落到津轻北部并在这里扎根的农民，无疑就是我家的祖先。

我是没有文化、吃了上顿没下顿的贫农家的后代。我家在青森县内成为多少有些名气的人家，始于曾祖父惣助那一代。当时，因高额纳税而拥有贵族院议员资格的人，一个县里大概有四五人，曾祖父也位列其中。去年，我在甲府市古城堡边上的旧书店里找到了一部明治初期的绅士录并翻看了一下，其中有一张曾祖父乡土气十足，换言之，就是典型的普通农民模样的照片。我的这位曾祖父是养子。祖父也是养子，父亲也是养子。这是一个女人掌权的家族，无论是曾祖母还是祖母、母亲，她们都比自己的丈夫长寿。曾祖母活到我十岁左右。祖母九十岁了，依然身体健康。母亲活到七十岁，前几年去世了。女人们都非常喜欢寺院。尤其是祖母，她的信仰到了不可思议的程度，甚至成了家里人开玩笑的话题。我们家归属于净土真宗，那是亲鸾大师开创的佛教宗派。我们小时候，经常被大人逼着去寺院拜佛，不胜其烦，还被要求背诵经文。

×

我家祖祖辈辈没有出过一个思想家，也从未出过学者和艺术家，连当过官或将军的人也没有，仅仅是平庸得无以复加的农村的大地主。父亲虽然当过一次众议院议员，后又担任过贵族院议员，但从未听说过他在中央的政界有什么作为。我的这位父亲，建造了规模巨大的房屋。除了大，谈不上任何建筑风格。房间数量大概在三十间左右，并且大多有十张、二十张榻榻米大小。房屋建造得极其坚固，但是毫无情调可言。

书画古董方面，没有一件称得上重要文物级的作品。

我的这位父亲，似乎喜欢看戏，可是从不读小说。他读了名为《越过死亡线》的长篇小说后抱怨，浪费了我那么多宝贵的时间，这是他在我小时候说过的话，我一直记得。

不过，我的这个家族中没有发生过任何复杂的、阴暗的事情。没有人争夺财产。换句话说，没有一个人出过丑闻。这似乎算得上津轻当地屈指可数的品格最为高尚的人家之一。这个家族中，干过蠢事并被人在背后戳脊梁骨的只有我一个人。

×

我小时候，（我前面提及的思想家们的回忆录中经常可以见到这种类型的开头，我担心，我以下所写的内容一不小心也会沾染上思想家回忆录中那种矫揉造作的气息。那我不如干脆从一开始就用上故弄玄虚的手法以毒攻毒，但是，我下面所写的绝不是子虚乌有的故事，都是有真凭实据的事实。）我觉得可以毫不夸张地说，自己清晨醒来，到夜里躺下，身边从来不缺书的陪伴。我随手抓起一本书便会认真阅读，而且，我很少一本书阅读两遍。我一天能够一鼓作气地读完四五本书。和日本的童话故事相比，我更喜欢外国童话。我现在已经不记得那故事的标题是“三个预言”还是“四个预言”，故事讲述一个男人被预言几岁会得到狮子拯救，几岁遭遇强敌，几岁变成乞丐——尽管我完全不相信这种预言——最终，他按照预言度过了一生，我对这则童话故事爱不释手，记得反复读了两三遍。还有一则故事。我幼年阅读的书籍中，让我记忆最为深刻的是，我记得不是叫“金船”就是叫“红星”，总之，是刊登在这种名称的童话杂志上毫无趣味可言的故事。某少女生病住院，深夜她非常口渴，正打算拿起枕边的杯子，喝完里面所剩无几的糖水。忽然，她听到同病房的老爷爷在呻吟“水、水”。少女下床，让老爷爷喝光了自己的糖水。故事仅此而已，但是直至今日，我甚至还模糊地记得那幅插图，我被深深打动了。这个故事的标题旁边还写着这么一句话：你们应该犹如爱己那样爱你的邻人。

我并不打算以这种回忆牵强附会地谈论我的思想。如果我用这种回忆往事的方式，生拉硬扯地和我家族所属的宗派领袖——亲鸾的教导联系起来，并且试图在下面的文章里和前面提及的民主扯上关系，这岂不是和某些先生的“我为什么成为了某某主义者”一样矫揉造作吗？以上我对阅读的回忆，充其量不过是生活的片断，和任何思想勉为其难地扯在一起，只能是胡说八道。

×

我念念不忘的民主终于要登场了，它后来究竟变成什么样了？其实它没有任何变化，它似乎直接消失了。正如我在前面提到的，我现在并不打算在这里报告当时的社会状况。我只是想尝试把自己感知的片断记录下来而已。

×

博爱主义。雪中的十字路口上，一人手持灯笼蹲坐在地上，一人挺起胸脯连声念叨“啊啊，上帝”。手持灯笼的人念叨“阿门”，我不禁喷饭。

救世军。它的乐队喧嚣不停。慈善锅。为什么必须是锅？往锅子里扔脏兮兮的纸币和铜钱，不是不卫生吗？那些女人们厚颜无耻，身上的服饰能不能高雅一些，简直是恶趣味。

人道主义。俄式衬衫在流行，《喀秋莎真可爱》的歌曲也很流行，装腔作势到了极致。

我只是这些风潮的观望者。

×

无产阶级专政。

我的确对它产生了新鲜感。它不主张合作，主张专政。它将对手毫无例外地击倒。富人即罪恶，贵族即罪恶。只有一无所有的贱民才是正义。我赞成武装暴动，没有断头台的革命毫无意义。

但是，我不是贱民，是应该被送上断头台的角色。我是十九岁的高中生，班级里，我是唯一穿着华丽的学生，我觉得自己除了寻死，无路可走。

我吞服了大量名为加尔莫津的镇静催眠药，但没有死成。

“不用死，你是我的同志。”有一个同学认为我是“有前途的男人”，拉着我到处转悠。

我变成了为他买单的角色。来到东京的大学之后，我依然是冤大头，并且要照顾这位同志的食宿起居。

被人称作“大人物”的人，大抵品德高尚，但是我对小人物束手无策。他们只会吹牛说大话，不知好歹地攻击别人，无所不用其极。

他们擅长欺骗，并称之为“战略”。

有一种称为无产阶级文学的东西，我一读到它就起一身鸡皮疙瘩，鼻头发酸。每每接触到文不对题、匪夷所思的文章，我便会毛骨悚然，禁不住落泪。同志对我说，你看上去才华横溢，是不是尝试创作无产阶级文学，将稿费充作党的活动经费？于是我匿名进行了一次尝试，边写边想哭，结果功亏一篑。（当时，还有一种爵士文学，与无产阶级文学对抗，可是它别说让我鼻头发酸了，我觉得那纯粹是胡扯。这不足为奇。归根究底，我始终不理解音乐歌舞，不懂现代精神。回想起来，当时日本的风潮，是美国风和苏维埃风交相辉映，出现在大正后期至昭和初期，是距今二十年前的事。那个年代既有舞厅，也有罢工，还发生了“烟囱男”[1]那么夸张的事件。）

我欺骗老家的父母，即运用“战略”让他们给我汇款、寄来衣服与同志分享，结果证明，我是一个除此之外一无所长的男人。

---

1 1930年位于神奈川县川崎市的纺织厂发生劳动争议之际，名为田边洁的年轻人爬上工厂烟囱，静坐了六天表示抗议。

×

“九一八”事变爆发，“爆弹三勇士”[1]的故事根本打动不了我。

我时常被关进拘留所，审问我的刑警对我沉默寡言的态度束手无策，他说：“你这样的资产阶级公子哥还能搞什么革命？真正的革命，是我们这种人干的。”

他说的话倒有强烈的现实感。

后来，有人与所谓的青年军官联合，凶残地发动令人厌恶的、无教养的、不洁的、变态的革命，我强烈地感觉到，他也混入了这种人的群体。

同志们接二连三地被投入牢狱，他们几乎全部都被关了起来。

日本继续发动对中国的战争。

×

我崇尚纯粹，崇尚无偿行为，崇尚丝毫没有利己之心的生活。然而，这是极其困难的事。我只是一味地喝闷酒。

---

1 1932年的淞沪抗战中，日军独立工兵第十八大队的三名士兵手持爆破筒冲入国民革命军十九路军阵营实施自杀式突击，当时日本报刊称之为“爆弹三勇士”。

我最厌恶的品行是伪善。

×

耶稣基督，是我所有苦恼的根源。

×

关东地区罕见地下起了暴雪。当天发生了“二·二六事件”[1]。我心头窝火。我该怎么做？我能做什么？

我非常不愉快，他们真是混蛋，我的心情类似于愤怒。

他们有计划吗？有组织吗？什么都没有。

他们接近于狂人发作。

没有组织的恐怖活动，是性质最为恶劣的犯罪。那只能称为愚蠢。

这种自以为是的愚蠢行为的氛围，在所谓的太平洋战争结束前持续飘荡在日本的上空。

东条的背后，你以为有什么，其实根本不值一提，他仅仅是个空壳，类似于装神弄鬼。

与“二·二六事件”不同，同一时期日本发生了“阿部定

1　发生于1936年2月26日的兵变。陆军的部分“皇道派”青年军官率领千余名士兵刺杀政府及军方高官中的“统制派”和反对者，最终政变失败，参与者多被处以死刑。

事件”[1]。阿部定戴上眼罩乔装出逃。当时是更衣[2]的季节，阿部定边逃边将有衬里的和服换成了斜纹哔叽和服。

×

怎么办？之前我已经四次自杀未遂。但我依然三天就会想一次自杀的事。

×

与中国的战争无休无止。几乎所有人都开始认为，这是一场毫无意义的战争。转而，大家认为敌人变成了美英。

×

大本营的将军们一本正经地告诉人们什么是“渐贫”[3]。他们似乎并不是在玩幽默。而我不得不笑着才能说出这个词来。将军们奖励《我们必定打赢这一战》这首歌，但是，它丝毫没

---

1 1936年5月18日，名为阿部定的女招待在东京都荒川区尾久的茶室，将情人绞杀并切除其生殖器的事件。

2 指农历四月一日和十月一日更换夏装和冬装的两个时节。——编注

3 日语为“ジリ貧”，在此指局势逐渐恶化之意。

有在民众中间流行开来，人们似乎羞得无法开口唱这首歌。将军们逼着报刊记者使用“铁桶”一词，可是它让人联想起“棺桶”[1]。他们还发明了“转进”[2]一词，它让人联想起四处滚动的皮球。还有位将军露出阴森森的笑脸说：“将敌军收入腹中。”我们这种人，即使只有一只蜜蜂飞入胸口也会惊恐万状，而这位将军居然说要将敌军大部队一举收入腹中，并得意扬扬。他是打算揉碎他们吗？一会儿辗转在天王山，一会儿怎么又来了天王山？貌似关原比较好。也有将军说把天王山说错成了天目山。天目山就更不像话了。实在是难以理解的比喻。某参谋说，这次我军的作战，出乎敌军意料。这句话一字不漏地登在报纸上。参谋和报社好像都不是在玩幽默，他们十分严肃认真。如果在他们意料中的话，那就只能完蛋了。这话说得毫无逻辑。

指挥者们全都不学无术，缺乏基本常识。

×

可是，他们胁迫我们。他们假借天皇之名胁迫我们。我喜欢天皇，非常喜欢。但是，一夜之间，我甚至开始暗地里痛恨那位天皇。

1　即棺材之意。

2　日语汉字为“転進”，即转移、撤退之意。

×

日本无条件投降。我只是觉得可耻，可耻得无地自容。

×

谩骂天皇的人激增。不过，走到这一步我终于发现，过去自己是多么深爱着天皇。我向朋友们宣告，我是保守派。

×

十岁的民主派，二十岁的共产派，三十岁的纯粹派，四十岁的保守派，历史果真是循环往复的吗？我觉得历史绝不能重演。

×

我热切盼望新思潮抬头，说这种话的时候，首先需要的就是“勇气”。现在我幻想的境界，是以法国道德家们的感觉为基调，以天皇为伦理模范，我们的生活是自给自足的这一无政府主义的桃花源。

《新文艺》，昭和二十一年（1946）年三月号

Chance

人生是某种机缘，结婚如是，恋爱亦然，众多久经世故的人如此自以为是地教导别人。我不以为然。我并不谄媚那个唯物辩证法，但是，我觉得至少恋爱不是机缘，我认为那出自意志。

那么，恋爱是什么？要我来说，那是非常羞耻的事情。它和亲子间的爱等截然不同。我刚才翻开书桌上的《辞苑》查阅，它对“恋爱”给出了如下定义：

“基于性冲动的男女爱情。即相爱的异性谋求合为一体的特殊性爱。”

可是，该定义略显含糊。“相爱的异性”是什么意思？被称为“爱”的这种情感，在异性之间，是不是先于“恋爱”存在的另一种情感？异性间，不是恋爱关系的“爱”是怎样一种情感？喜欢、爱怜、爱慕、思念、敬慕、向往、迷恋、无法自拔等等，这些不都是恋爱的情感吗？异性之间的“爱”，还有与这些感情截然不同的其他特殊情感吗？装腔作势的女人常会说：“让我们来一场不谈恋爱的爱情吧。我认你做我的哥哥吧。”

这就是另一种爱吗？不过，就我的经验而言，当女人说出这种话时，基本上可以理解为男人被抛弃了，这一点似乎不会错。根本没有什么“爱”，所谓“哥哥”的说法也荒谬不经。谁要当你的哥哥，真是无稽之谈。

虽然用基督的爱来解释未免过于夸张，如果提起他关于“爱邻人”的教导便可理解了，不过，不是恋爱关系中的“爱异性”，我总觉得有些虚伪。

其次，还有一个模糊点，即“谋求合为一体的特殊性爱”这句话中的“性爱”一词。

究竟是性主导，还是爱主导？是先有蛋，还是先有鸡？这是一个无限循环、模糊至极的概念。“性爱”一词，大概不是日语吧，它让人感觉是伪装成高雅的掩饰。

日本似乎存在这么一种倾向，即“爱”一词可以和其他词汇任意组合，并因此随意捏造出带有高尚文化品位的诸多概念。（我天生厌恶“文化”这个词，它是“文”的“妖魔”之意吗？过去的日本书里写成“文华”“文花”。）用“恋”一词看上去也不错，却偏要发明出“恋爱”这种新词，在大学讲坛上大谈恋爱至上主义，这似乎引起了当时有文化的青年男女的共鸣。称作“恋爱至上主义”，听上去颇有些高尚，如果用传统日语中的“色欲至上主义”一词，会出现什么情况？称之为“交媾至上主义”，意思也相同。你们用不着对我横眉冷对吧，恋爱中的女士们。

换言之，我对“恋爱”的“爱”字、“性爱”的“爱”字顾虑重重，我甚至觉得是否有人企图以“爱”的美名来掩盖其猥琐感。

“爱”是困难之事，或许它仅属于“上帝”特有的情感。人类“爱”人类，是极不寻常的事。那不是简单的技能。上帝教导他的弟子“七十个七次的饶恕”[1]。然而，我们甚至能做到七次吗？轻易使用“爱”一词，只能令人生厌，是装腔作势。

夜晚在公园里散步的青年男女，他们嘴里说着“月亮真美”，手握在一起，他们根本没有相“爱”。他们的内心只有“渴望合为一体的特殊的性烦闷”。

所以，如果我是《辞苑》编辑的话，我会下如下定义：

“恋爱，是用文化色彩粉饰好色意念的新词，即基于性冲动的男女间的激情之意。具体而言，是渴望与一位或数位异性合为一体的特殊的性烦闷，亦可称之为色欲的Warming-up。”

在此，我之所以写成一位或数位，是因为我听说存在能够同时恋慕两位或三位异性的强人。我一并考虑了普通人用三角关系、四角关系等荒谬的词汇来形容的恋爱状态，进行了如上表述。江户的小笑话中说有一位患相思病的大小姐对乳母说“谁都可以”。我觉得把她列入数位的类别中，大概也恰如其

1　出自《新约·马太福音》18：21—22，中译文为：那时，彼得进前来，对耶稣说：“主啊，我弟兄得罪我，我当饶恕他几次呢？到七次够吗？”耶稣说：“我告诉你，不是到七次，而是到七十个七次。”——编注

分吧。

也许高尚的读者会义愤填膺地斥责我：太宰竟然也变得如此卑鄙下流。可是我也不是平心静气地写下这些的。我心情甚为不悦，但是，我依然耐着性子写下了这些文字。

我开头就写道：

恋爱是什么？

答："那是非常羞耻的事情。"

恋爱的真相既然如此，它照理应该让人羞耻得难以启口，然而，人们却毫不胆怯，其中似乎还有那些清晰发出"恋爱"两个字的音节后瞪大眼珠的文化女士们。何况"恋爱至上主义"云云是多么闻所未闻，多么荒诞不经啊。他们口中说着"恋爱是神圣的"等莫名其妙的言辞，摆出一副正襟危坐的姿态，实际上是多么厚颜无耻。"神圣"之类的言辞，令人不胜惶恐，嘴巴都会发烂哟。哎呀，触碰哪里才能发出那样的音节？难道不是发疯吗？那是非常、非常神圣的事吗？

那么，所谓的"恋爱"，即色欲的Warming-up，只是因机缘开始的吗？"Chance"这一外国词汇，在这种场合下似乎也可以用日常生活中的日语"意外惊喜""不期而遇""奇妙缘分""机缘巧合""水到渠成"等词语来解释它的含义，可是回顾我迄今三十多年的感情生活，没有一次是从那种事，即所谓的"恋爱"开始的。也没有发生过"水到渠成"地握住女性芊芊玉手的事情，更不用说因"不期而遇"而陷入渴望与异性合为一体的特殊的性烦闷，我至今从未有过如此壮举。

我绝没有撒谎。不信？那就请把文章读完。

我非常厌恶所谓“水到渠成”“不期而遇”这种说法，那只是大家极端拙劣的演技。啊——我怕——，天一打雷便钻进男人怀里的人，那是装腔作势，矫揉造作。我想说，别来这一套。害怕的话，独自趴下不就行啦。另一方面，被投怀送抱的男人，用超出必要的力量紧紧抱住女人，用外语腔调的日语喃喃低语：不怕，没关系。他们舌头僵硬，声音嘶哑，可笑至极。他们的演技拙劣得让人看不下去。堪称“甜蜜爱情”序曲的“水到渠成”的场景，基本上用的都是这些套路，装腔作势，矫揉造作，卑鄙下流，丑态百出。

这简直是侮辱人的智商。他们一边用一眼就能看穿的拙劣演技进行表演，一边心照不宣地彼此接纳，仿佛这是一段无比奇妙的天赐良缘。恬不知耻也该有个度。他们试图将自己好色的责任转嫁给一无所知的上帝，上帝对此也不得不目瞪口呆。真是无耻之尤。无论上帝多么仁慈，也无法容忍此种行为。

或许正是因为人们无论是睡着还是醒着，总是处于这种“性烦闷”的状态，所以“水到渠成”“机缘巧合”才能轻而易举地闯入“恋爱关系”中，但是，当人们的精神不处于这种状态时，根本不存在什么“机缘巧合”“奇妙缘分”这种事。

有一次，由于电车急刹车，导致我脚下不稳，撞到了身边的年轻女子。那位女子一直用非常厌恶和鄙视的眼神对我怒目而视，仿佛我玷污了她的身体。我忍无可忍，转过身体面对那位女子。我用低沉的声音严肃说道：

“你以为我在猥亵你吗？请不要自作多情。谁想故意靠在你这种女人的身体上。那是你本身性欲太强的缘故，才会往龌龊的方面想。”

我甫一开口，那位女子猛地将脸扭到一边，装作完全听不见我说话。我真想破口大骂“混蛋！”，再给她脸上来一拳。正如我上面提到的那样，内心不存在色欲时，所谓的“机缘巧合”“水到渠成”等都只能以极其扫兴的结果告终。我们经常听人说起在火车上与对面座位上的女性“不期而遇”而陷入恋爱关系的荒唐故事，其实根本不是什么“不期而遇”的“意外惊喜”，无疑是双方一开始便有此居心，虎视眈眈，使出浑身解数创造“机缘巧合”，最终玩弄了一下并不高明的小伎俩。如果没有非分之想，无论是碰一下腿还是摸一下脸，都不可能成为“恋爱”的“机缘”。我有一次从新宿前往甲府，坐了四个小时的火车。车至甲府时我正打算起身下车，此时我才发现坐在对面的是一位绝色美女，令我十分惊讶。原来内心没有色欲时，哪怕与绝色美女促膝长坐了四个小时，也会注意不到。这的确是发生在我身上的真事。我似乎得意忘形得有些滔滔不绝了。我甚至经历过下面这样的事。我有一次去妓院，和两个名妓酣睡到第二天清晨，既没有发生“意外惊喜”，也没有产生“奇妙的缘分”，当然，也没有因此而建立“恋爱”关系。

“哎呀，您要走了吗？”“嗯。谢谢二位。”我对借宿一晚表示感谢后径直离开了。

写到此处，可能有人觉得我是一个宁可忍受煎熬也要装成铁石心肠的男人，或许是因为阳痿，或许内心早已心猿意马，行动上却无所作为，只是一味被女人甩的男人。可是，我绝不阳痿，也不认为自己是一味被人甩的可怜男人。换句话说，我的恋爱成立或不成立，不依赖机缘，它彻头彻尾地取决于我本人的意志。我甚至没有遇到过一次机缘，却也有十年间一直在不断恋爱的经历，反之，哪怕一晚出现了三次或四次所谓的绝好机缘，我也没有因此而恋爱。恋爱的机缘一说，对我来说完全是不值一提的信口开河，仅此而已。为了有力地证明这一点，我想写下我学生时代的一件小事。恋爱，不来自机缘。作为即便一晚同时出现三四次“奇妙缘分”、“不期而遇”或者“意外惊喜”，却也从未发生恋爱的极好事例，我向各位坦陈我自己的亲身体验。

这件事好像发生在我进入弘前高等学校第二年的二月初，总之是一个冬天，而且恰逢大寒节气。为什么必须是大寒这一节气，我随后会有交代。不记得是一个什么样的宴会，四五十人聚在弘前的高级饭庄举行宴会，我坐在最末位，忍受着名副其实的大寒，我的故事就从这里写起吧。

那是一次什么样的宴会？我依稀记得好像是和文学有关系的宴会。出席者中有弘前的报刊记者，还有市里类似于戏剧研究会那种团体里的成员，还有高等学校的老师、学生等等，这是一场出席人数众多的宴会。参加这次宴会的几乎都是高等学校的高年级生，一年生好像只有我一个。总之，我坐在最靠边的位子上。我身着碎纹款的和服和裙裤，人蜷缩成一团。有一位艺妓走到我跟前坐下。

“酒呢？你不喝酒吗？”

“不能喝。”

当时我喝不了清酒，讨厌清酒的味道。我也喝不了啤酒，太苦了，喝不下去。如果不是甜红葡萄酒、白甜酒等口感甘甜的酒类我一概喝不了。

“你喜欢义太夫[1]吧？”

“为什么这么问？”

“去年年底你去听了小土佐，是吧？”

“是的。”

“当时我坐在你边上。你拿出脚本，在那上面做记号，很专心的样子。你也在学吗？”

“我在学。”

“了不起。你师傅是谁？”

“咲荣太夫先生。”

“是吗，你跟着一位好师傅呢。他在弘前这一带是最厉害

1　日本传统说唱艺术“净琉璃”中的一个流派。

的。而且人很稳重，是个好人呢。”

“是的，他是好人。”

“你喜欢那样的人？”

“因为他是我师傅呀。”

“师傅又怎么样？”

“什么呀，说喜欢他或者讨厌他，都是对他的失敬。他真的是一个非常认真的人。说什么喜欢不喜欢，太蠢了。”

“哎呀，是吗，你太死板了。你过去有没有和艺妓玩过？”

“我打算现在开始玩了。”

“是吗，那你就点我。我的名字叫小篠。不要忘啦。”

过去以青楼为主题的无聊小说中经常有这种场面，这就是所谓的“奇妙缘分”，爱情故事由此展开，这种老掉牙的套路好像并不少见。但是，在我的经历中，从未就此发展成恋爱，因此，我并非在此津津乐道地吹嘘自己的艳史，请读者也不必多加戒备。

宴会结束后我走出饭庄，外面下着小雪，空气异常寒冷。

“等等我。”

艺妓喝得醉醺醺的，头上裹着“高祖头巾”[1]。我停下脚步等她。

就这样，我跟着她去了一家规模很小的饭庄。她好像是这

1 江户至明治时代日本女性中流行的能裹住头部和脸部的围巾。

家饭庄雇用的艺妓。她把我带到里面的房间，在矮脚桌边上坐下。

艺妓自己把酒和料理端到房间里，随后又叫来了这家饭庄里另外两个艺妓，她们看上去像好伙伴。她们都身着带有家徽的和服。我不知道她们为什么穿着带家徽的和服，总之，那个醉醺醺的艺妓小篠，还有她的两个艺妓伙伴，都穿着下摆很长的和服。

小篠在两个伙伴面前郑重其事地宣布：

“这一次，我决定爱上这个人，请你们相信我。”

两个伙伴露出嫌弃的表情。两人对视了一下，两人中年纪较轻的艺妓往前挪了挪膝盖。

“这位大姐，你是认真的吗？”她询问的语气中似乎含着愠怒。

“啊啊，认真的啊，认真的啊。”

“你搞什么啊，别乱来。”年轻艺妓皱着眉头严肃地说。随后，她开始说一些很奇怪的话，我听不懂，可能是“青楼暗语”，三个身穿绣有家徽和服的艺妓争得不可开交。

然而，我的注意力只集中在了一件东西上。矮脚桌上放着菜肴，角落里有一盘烤麻雀肉，它让我垂涎欲滴。当时节气恰逢大寒。大寒节气里的麻雀肉脂肪厚实，是口感最好的时候。人们把隆冬的麻雀称为“寒雀”，大寒的麻雀是津轻一带的孩子们最喜欢的食物。人们用网兜等各式各样的装置捕捉这种大受欢迎的麻雀，撒上盐，用火烤后连骨头也一起吃下去。和汽水瓶里的弹珠差不多大小的头部，也被咔哧咔哧嚼碎，吃得一干二净。脑袋里的酱汁又是别具一格的风味。这种吃法固然极其野蛮，但是，没有人能抵挡这种食物的独特口味所拥有的魅力，我小时候当然也没少追着寒雀跑。

小篠拖着和服的冗长下摆，把菜肴端进房间（她身材苗条，长着鹅蛋脸，是个古典型美女。年龄在二十二三岁左右。我后来听说，她是弘前这里某个有钱人家的姨太太，当时好像是当地一流的艺妓）。她把菜肴放到我跟前的矮脚桌上去的瞬间，我已经发现了角落里的烤麻雀，啊，寒雀！我内心不禁狂喜。我太想吃烤麻雀了。可是，我是个虚荣心极强的人，没有勇气在三个身穿和服的漂亮艺妓的包围下咔哧咔哧地大快朵颐寒雀的脆骨。啊啊，那个脑袋里的酱汁该有多么美味啊。回想起来，我有很长时间没有吃寒雀了，心里虽然郁闷，但我拿不出毅然将它塞进嘴里大肆咀嚼的匹夫之勇。无奈，我只得用牙签戳起白果往嘴里送。可是，我实在心有不甘。

另一方面，三个女人的争执还在无休止地继续。

我起身打算告辞。

小篠说我送你。我们两个一起走进玄关。啊，稍等，我说。我像飞鸟似的返回里面的房间，瞪大眼睛迅速扫视了一下四周，以迅雷不及掩耳之势从菜肴中抓起两只寒雀塞进怀里，随后缓步走进玄关。

“忘东西了。”我声音嘶哑地撒了个谎。

小篠戴着高祖头巾，一声不吭地跟在我身后。我一心只想快点返回自己的住处，慢慢品尝两只寒雀。两人走在雪地里，一路无话。

住处大门紧闭。

“啊，坏了，我被关在门外了。”

房东是个非常严格的人，我回家太晚的话他会锁上大门以示惩戒。

“没关系，”小篠很冷静，“我有认识的旅馆。”

我们往回走，小篠带我去了她认识的旅馆。那家旅馆十分高级，小篠敲门叫醒了掌柜，把我托付给他。

“再见。谢谢你。”我说。

“再见。”小篠也回我。

好了，接下来我就能独享烤麻雀了。我被带到房间，迅速钻进掌柜为我铺好的被褥里。我要开动了。正当我打算好好享受寒雀的那一瞬间，玄关那头传来了小篠的喊声。

“掌柜的！”

我心里咯噔一下，竖起耳朵。

“不好意思，我木屐上的带子断了，麻烦你帮我重新穿一根。我就在客人的房间里等吧。”

糟糕，我把枕边的烤麻雀藏进了被窝。

小篠走进我房间，在我枕边端坐着，东拉西扯地和我说话，我用睡意蒙眬的声音敷衍她。被窝里藏着烤麻雀。我和小篠之间出现了那么多机缘，可是压根没有滋生出一点恋爱的萌芽。小篠一直坐在我枕边，她说：

“你不喜欢我，是吗？”

我这么回答她：

“不是不喜欢，是我太困了。”

“哦，那我走了。”

“啊，晚安。”我说。

“晚安。”

小篠也说道，她终于站了起来。

事情的经过就是这样。后来，我开始经常和艺妓厮混。不知为什么，我在弘前一带玩得放不开，主要和青森那边的艺妓玩。那两只我放不下的烤麻雀，是在小篠离开后被我吃掉了，还是我一下子变得毫无兴致把它们扔掉了，现在想不起来了。我觉得很有可能我没了吃它们的心情，被我扔掉了。

这件事证明恋爱并不来自机缘，一晚上“奇妙的缘分”“不期而遇”“水到渠成”等三四种状况叠加出现，但是，它们却在我某种顽强的意志下全然没有发展成恋爱。假如说恋爱仅仅依赖“不期而遇”得以成立的话，那它恐怕就会形成非常猥琐的社会状况。恋爱理应依赖于人的意志。恋爱机缘说，近似淫乱。如果有读者问，还有一个问题，你没有遇到任何机缘，却经历了十年的爱情，这是怎么一回事。我想我会做出如下回答，即那是我的单相思，而且通常，单相思，才是恋爱的最高境界。

庭训：不仅恋爱，人生中一切趁机的行为都是卑劣的。

《艺术》，昭和二十一年（1946）七月号

聊聊我的前半生

成长与环境

我出生在农村的所谓财主家庭。我有很多哥哥姐姐，作为家里的幼子，从小过着衣食无忧的生活。因此，我不谙世事、极其腼腆。我担心在别人眼里，我为我的这种腼腆感到自豪。

我性格软弱，基本上无法和人自如交谈，故我的生活能力也几乎为零，我打小至今，始终对这一点拥有自知之明。所以，我似乎算得上是一个“悲观主义者”，对生活缺乏激情。我一心只求尽快逃离这种生活的恐惧。孩提时代起，我脑子里思考的尽是如何斩断与这个世界的情愫。

我的这种性格，或许称得上是我立志文学的动机。我感觉成长的家庭、血亲关系或者故乡等概念，都深深植根于我的生活，难以摆脱。

也许有人觉得我在自己的作品中炫耀我的原生家庭，然而，恰恰相反，我十分谨慎，谈到的事实比家中的实际规模更小，几乎只有一半，不，我谈得非常羞涩腼腆。

俗话说窥一斑而知全豹，我始终受困于自己因此受人指责、被人仇视的恐惧感。于是，我刻意在人前表演最下等的生活。无论遇到多么肮脏不堪的事情，我注意在行为举止上表现得镇定自若，然而，我根本不知道怎么系用草绳制作的腰带。

这似乎就是我被人认为果然是个狂妄自大的人的最大原因。可是，让我自己来说的话，那是我性格软弱的最大原因，为此，我不知有多少次，想把自己身上的所有物品毫不吝惜地送人。

例如恋爱，偶尔也有女生向我表达爱意，但是，我讨厌别人说我只是因为家里有钱才会被人喜欢，因此，我甚至无数次自己主动放弃了恋爱。

事实上，我的兄长现在担任了青森县的民选知事，如果我向女生透露一句，恐怕就会有人说，他借这种话题追求女生，所以我只能一如既往地演戏，让自己看上去一无是处，我在自己的生活中，一直在做着这种几乎可以称为愚蠢的努力。我对此不胜其烦，可是至今也没有找到解决这一问题的有效方法。

文坛生活？……

我还在东大法文科过着懒散生活的二十五岁那年，改造社的《文艺》杂志让我写短篇，当时恰好手头有一篇《逆行》，我便寄了过去。两三个月后，我的名字和其他学长的名字一起醒目地出现在报纸的广告上，该小说很快成为第一届芥川奖的候选作品。

几乎与《逆行》同时，我在同人杂志《日本浪漫派》上发表了《小丑之花》。这部作品得到了佐藤春夫老师的举荐，后来我便在文学杂志上接二连三地发表作品。

于是，我开始萌生了朦胧的希望，觉得自己也可以开启文学生涯，或许靠小说创作也能维系生活。从大致的年代而言，这发生在昭和十年前后。

回头来看，我并不清楚究竟何时产生了如此这般的明确动机——立志于文学创作。我觉得几乎可以说，我是无意识地、不知不觉地步入了文学的原野。当我意识到这一点时，我惊讶于自己已经站在了没有退路的文学原野的中央。所谓开弓没有回头箭，这才是我最接近真实的感受。

前辈、我喜欢的人

我主动请求与之交往的前辈作家可以说只有井伏鳟二先生一人。除此之外，评论家中有河上彻太郎、龟井胜一郎，我和他们也都是因为《文学界》的关系结成了酒友。与年纪更长的前辈谈交友也许是失礼的行为，不过，佐藤老师和丰岛与志雄老师经常邀我去他们家里做客。和井伏先生的关系，甚至发展到了他是我和现在内子的媒人那种亲密无间的程度。

提到井伏先生，他早期的《深夜与梅花[1]》中收录的作品，给我留下了几乎全都贵如珍宝的印象。另外，我觉得嘉村礒多[2]等人很早就是大作家。

我有一个习惯，即对社会上趋之若鹜或备受尊崇的作品会首先打上一个问号，这或许是性格软弱的人的特征。

明治时代的文坛，我认为国木田独步的短篇小说非常出色。

法国文学中，提到十九世纪文学，如果不对巴尔扎克、福楼拜等所谓的大文豪表现得心悦诚服，就没有资格成为文人，这似乎成了匪夷所思的常识。我拜读了这些大文豪的作品，说实话不太喜欢。我反而暗自喜欢缪塞、都德这类作家的作品。俄国文学中，如果不喜欢托尔斯泰、陀思妥耶夫斯基，就不具备文人的资格，这成了社会共识，那或许没错，但我更喜爱契诃夫等作家，尤其是普希金，他是我为之倾倒的唯一一位俄国作家。

我非怪人

上期《小说新潮》的文坛“话泉会”上，我好像被当成了怪人，有人怀疑我是不是还系着草绳做的腰带。另外，我的小说也被说成风格怪异，闻所未闻，这让我黯然神伤。一般而

---

1 日语原文：夜ふけと梅の花。

2 嘉村礒多（1897—1933）：小说家，倾倒于念佛行者近角常观的学说，师事葛西善哉。代表作品有《途上》《崖下》等。——编注

言，社会上被人视为怪人、奇人的，反而大多是性格软弱、心胸狭隘之人，他们为了自我保护而伪装自己，这难道不是源于对生活缺乏自信吗？

我从不认为自己是一个怪人，是与众不同的人，我非常推崇那些极为自然且传统的道德。但是，似乎在很多人眼中，我完全无视道德，事实恰好相反。

不过，正如我前面写到的那样，我性格软弱，我不得不坦诚，仅此一点的确是事实。并且，我无法和别人争论，这也称得上是我的弱点，我觉得这里面多少也包含自己崇尚的基督教精神。

提到基督教精神，我现在居住的是名副其实的茅舍。当然，我也希望住得和普通人一样。我有时也觉得孩子非常可怜。可是，我无论如何无法住在豪华的房子里。这并不是受无产阶级意识、无产阶级意识形态等诸如此类的思想影响，而是我好像近乎顽固地恪守基督教“爱邻如己”的教导。但是，近来我深切体会到，我们无法真正做到爱邻如己。人性是相通的。这种思想只是在逼人自杀，不是吗？

想必我对基督教“爱邻如己”的教导做出了另类的解释。这句话中一定有其他深刻的寓意。在这样思考时，我想起了“犹如爱己”这句话。人必须爱自己。厌恶自己或者虐待自己而去爱他人，当然只有自杀一条路，对此我有了些许领悟，然而，那只是大道理而已。我面对世人时的情感流露，依然羞涩腼腆，我带着走路时身体必须低下两公分的真实感受活到今天。我觉得，这里面也有我文学作品的依据。

另外，我还拥有社会主义果然是正确道路的真实感受。当下，社会主义仿佛终于变成了社会现实，片山总理等人成了日本的领袖，我内心欣喜若狂，但是，我必须始终如一地过着和过去一样，不，比过去更加颓唐的生活。每每想到自己的不幸，我便觉得自己此生幸福无望。这并非多愁善感，而是最近这一时期，不知何故，自己开始清楚意识到的问题。

一旦陷入思考的旋涡，我便对酒精欲罢不能。我并不认为自己的文学观和文学作品被酒精左右，只是酒精正在极大动摇我的生活。我前面提到，我很难在和别人的交流中做到应付裕如，事后我会后悔当时应该这么说，应该那么说。每当和人见面，我几乎都会头脑晕眩，但又不能不和人交流，这种性格最终让我依赖上了酒精。如此一来，我健康受损，经济上捉襟见肘，家庭始终呈现贫寒的局面。有时躺下后我也会盘算改善的途径，但似乎已经到了除却一死，难以希冀任何改变的地步。

我已年满三十九，想到此后还要久经人世间，大脑只剩下一片茫然。我对自己没有任何信心。因此，我有时也会觉得，养活妻儿老小，对我这种窝囊废来说，毋宁是一件堪称悲惨的事情。

《小说新潮》，昭和二十二年（1947）十一月号